ぼくのおじいちゃん、ぼくの沖縄

上條さなえ・作
岡本順・絵

汐文社

もくじ

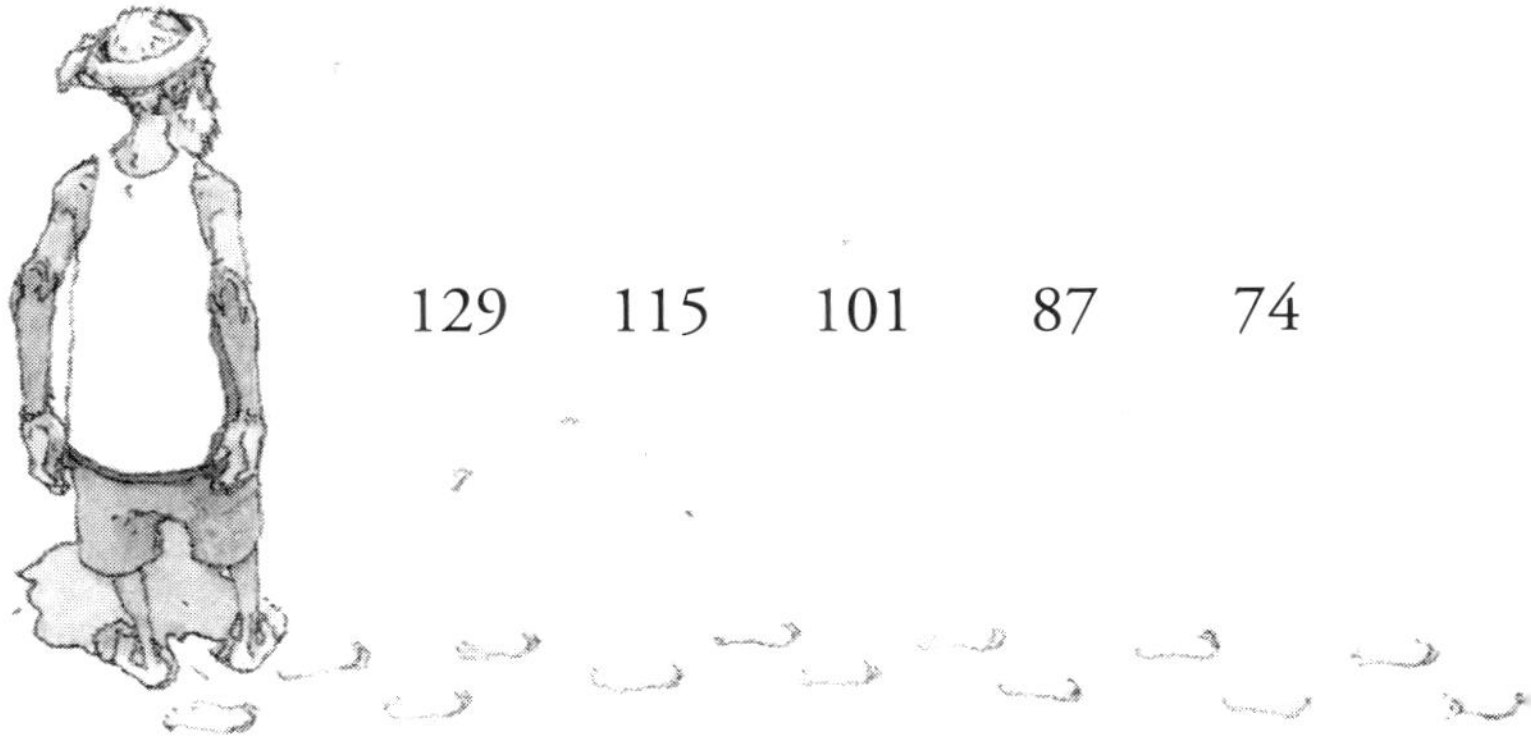

1　ぼくは一生小学生かも

「光《ひかる》、そろそろ学校に行かないとヤバいよ」

ママが、妹で三歳《さい》のぐみにトーストを食べさせながら、ぼくに言った。

「あと十日で二学期《がっき》も終《お》わりだし、このまま休んでるとあんた一生、小学生のままだよ」

ママの「一生小学生のまま」のことばが、小心者《しょうしんもの》のぼくの心にパンチをあびせた。

「一生小学生のまま」は、さすがにこわい。

「あんたのことを、ママは一生養《やしな》えないし、これからママにだれかいい人ができて、結婚《けっこん》することになってさ、ぐみはいいとして、十八歳《さい》の小学生がいますって言ったら、どうなると思う」

「そりゃ、まずいわ」

ママのことばに、答えたのはおばあちゃん。

「でもさぁ、圭子《けいこ》、まだ結婚《けっこん》しようと思ってるのかい、もう二回もすりゃ十分だろ」

おばあちゃんはそう言って、顔にクリームをぬりこんだ。

「私《わたし》はね、だれかさんみたいに七十歳《さい》近くになって結婚相手《けっこんあいて》をさがしに、結《けっ》婚相談所《こんそうだんしょ》に行くような人生はおくりたくないの」

ママは化粧《けしょう》をはじめたおばあちゃんを、チラッと横目《よこめ》で見た。

今日はぼくのせいで、朝からママとおばあちゃんの言いあらそいの第《だい》一ラウンドがはじまりそうになった。

「年金が少ないから、働《はたら》こうとしても仕事《しごと》がないんだもの。せめて金持《かねも》ちのじいさん見つけて、あんたたちに楽させようとがんばってなにがわるいのさ」

おばあちゃんはオレンジ色の口紅《くちべに》をぬり終わると鏡《かがみ》にむかって「ニッ」と笑った。

そのとき、おばあちゃんのハンドバッグの中のケータイ音がなった。

「人生いろいろ」って、唄《うた》のメロディーで、その唄《うた》の歌手、島倉千代子《しまくらちよこ》がおばあちゃんは大すきだった。

何年か前、島倉千代子《しまくらちよこ》が死《し》んだというテレビのニュースを見て、おばあちゃんは「歌手としては成功《せいこう》したかもしれないけど、独身《どくしん》のままで死ぬなんて女としてはかわいそうな人生だね」と泣《な》いていた。

「あら、ボーイ・フレンドの馬巻《まきま》さんだ。ゲートボールが終わったから、モーニングを食べようだってさ」

ケータイのメールを見たおばあちゃんは、

「人生、いろいろ、男だって、いろいろ」

と口ずさんで玄関《げんかん》を出ていった。

「じゃ、ママは今日昼がレストラン、夜が居酒屋《いざかや》で働《はたら》く日だから、ぐみの保《ほ》育園《いくえん》の送《おく》り迎《むか》えたのむね」

ママはパートのかけもちをしている。

ぼくはママが出かけたあと、ぐみを自転車《じてんしゃ》の荷台《にだい》にのせて保育園《ほいくえん》に送《おく》っていった。

ママの口ぐせは、

「学校にも行かず、働《はたら》きもしない者《もの》は、ひたすら家の手伝《てつだ》いをすべし」

なので、家でボケッとゲームをしてるわけにもいかないのだ。

ぐみを保育園《ほいくえん》においてから、ぼくの自転車《じてんしゃ》は自然《しぜん》とそこから十分ほどの市立の児童館《じどうかん》にむかって走りだした。

学校を休むようになって二週間になるけど、家に一人でいるのがたいくつで、小さいころ遊《あそ》びに行ったことがある児童館《じどうかん》に行ってみようと思ったのが、きっかけだった。

「子どもの館《やかた》」という、その児童館《じどうかん》は、一階《かい》が体育館《たいいくかん》で二階《かい》が小劇場《しょうげきじょう》、三階《かい》がプラネタリウムという造《つく》りになっていて、市内の子どもなら一日無料《むりょう》で遊《あそ》ぶことができるのだ。

はじめて児童館を訪《たず》ねた日、ぼくが体育館《たいいくかん》で一人でボールをバスケットゴールに入れる練習《れんしゅう》をしていると、ベージュのパンツと赤いジャージの上着《うわぎ》をはおった若《わか》いおねえさんが、

「えっ、学校どうしたの？」

1　ぼくは一生小学生かも

と声をかけてきた。

「休んだ」

とぼくがこたえると、

「だよね、じゃなきゃ、ここにいないよね」

おねえさんはそういってから、「アハハ」と声をだして笑った。

ぼくはおねえさんが首から下げている名札《なふだ》を見た。

上江州《うえず》　帆香《ほのか》
その名前の中で、ぼくが読めたのは上と江《え》と香《かおり》の三文字だけだった。

「なんて読むの？　その名前」

ぼくが聞くと、おねえさんはまた笑ってから、

「学校に行って勉強《べんきょう》しないと、漢字《かんじ》も読めなくなるよ」

と言った。

「私《わたし》の名前は、うえずほのか」

おねえさんは自分の名札《なふだ》を、上から指《ゆび》でなぞりながらゆっくりと読みあげてくれた。

「上江州《うえず》先生なんだ」

児童館《じどうかん》では子どもたちと遊《あそ》んでくれる人たちを、先生と呼《よ》ぶことになっていた。

上江州《うえず》先生はおばあちゃんやママのように、お化粧《けしょう》をしていなかったから、ぼくにはとってもさわやかな感《かん》じがした。

日に焼《や》けた顔の中でも太いまゆと大きな目が印象的《いんしょうてき》で、笑《わら》うと白い歯《は》が見えた。

ぼくは毎日上江州《うえず》先生に会いたくて、児童館《じどうかん》に通った。

ぼくが児童館《じどうかん》の玄関《げんかん》で名前を書いていると、館長《かんちょう》の青木先生が窓口《まどぐち》から顔

を出して、

「体育館《たいいくかん》で待ってろよ」

と言った。

青木先生は市内の小学校の先生で、児童館《じどうかん》に異動《いどう》という形できていた。

「長山君《くん》、そろそろ学校へもどられたらどうでしょうか」

体育館《たいいくかん》のマットの上にすわっていると、青木先生がジャージ姿《すがた》で、ぼくのそばにきた。

「一生、小学生」とママに言われたこともあって、ぼくは学校にもどりたいと思いはじめていた。

でも、同級生《どうきゅうせい》の上野昇太《しょうた》の顔が頭の中にうかぶだけで、

「やっぱり、いいや」

と思ってしまうのだ。

六年生で昇太《しょうた》とおなじクラスになったとき、ぼくは（もう万引きはしない）と心にちかった日のことを思い出した。

実《じつ》は二年生のとき、おなじクラスだった昇太《しょうた》とスーパーでなんどか万引きをしたことがあった。胸《むね》がドキドキしたけど、おもしろかった。

雨上がりの日、ぼくたちはたたんだ傘《かさ》の中に、スーパーのお菓子《かし》売り場のお菓子《かし》を落《お》とすように入れて万引きした。

三回目のとき、ぼくたち二人は店員《てんいん》さんにつかまりそれぞれの家に連絡《れんらく》された。

ママはぼくの頬《ほ》っぺたを、「バーン」と音がするほど強くたたいた。

そうして、ママは赤くなった右手の手の平を見せて、

「見てごらん。光の顔もいたいかもしれないけど、ママの手の方がもっといたいんだよ」

と泣いた。

ママはだまったまま歩いて、住《す》んでいる市営住宅《しえいじゅうたく》の前までくると、カバンからハンカチを出して自分の顔をふいた。

「おばあちゃんまでかなしませたくないから、今日のことはひみつだよ」

と言って、ぼくをふりかえった。

それからのひと言が、きつかった。

「光さぁ、もっとスケールの大きな人間になってよ。昔《むかし》、ねずみ小僧次郎《こぞうじろ》吉《きち》って人がいたんだって。大金持ちからお金をぬすんでは貧《まず》しい人たちを助《たす》けたんだってよ。ママも見たわけじゃないけどさ。光のは、せこすぎて人にも言えない」

ぼくはとってもはずかしくて、顔をあげられなかった。

そのとき、

（もう万引きはしない）

と心の中でちかったんだ。

「どうしたんですか、長山光君《くん》」

青木先生の声で、ぼくは現実《げんじつ》にもどった。

「上野君《くん》がこわいのか」

青木先生がぼくの顔を、のぞきこんだ。

ぼくはだまっていた。

学校を休むきっかけになった二週間前、昇太《しょうた》からぼくのケータイにメールがきた。

明日、Sスーパーの前に18:00
集合《しゅうごう》 ^口^ ショータ

そのメールがなにを意味《いみ》するのか、ぼくは他《ほか》の同級生《どうきゅうせい》からも聞いて知っていた。

ぼくはケータイの電源《でんげん》を切って、今日まで電源《でんげん》を入れてない。

「光君《くん》」

青木先生がぼくの肩《かた》をたたいた。

「あさっての土曜日、児童館《じどうかん》でお別《わか》れ会があるんだ。みんなと遊《あそ》んでくれた上江州《うえず》先生がやめることになってね。ちょっとはやめのクリスマス会とかねてやるから、君《きみ》もきなさい」

その日、上江州《うえず》先生は休みらしく会えなかった。

ぼくはどうやって市営住宅《しえいじゅうたく》に帰ったか、自転車《じてんしゃ》のカギをかけたかどうかもおぼえていなかった。

ぼくは西日の当る窓《まど》の下で、ひざをかかえてすわりこんだ。

上江州《うえず》先生がアルバイトで児童館《じどうかん》にいることは知っていたけど、こんなに早くやめるとは思ってもいなかった。

「長山君《くん》、ファイト」

いつもそう声をかけてくれた上江州《うえず》先生の笑顔《えがお》が頭にうかんだ。

家の電話がなっているのに気がついたのは、かなりたってからだった。

「ぐみを迎《むか》えに行ってよー」

ママに言われて、ぼくはぐみを保育園《ほいくえん》に迎《むか》えに行くのを忘《わす》れていたことに気がついた。

ぼくは寒風《かんぷう》の中で自転車《じてんしゃ》のペダルをこぎながら、泣《な》きそうになるのを必死《ひっし》でがまんしていた。

2　おばあちゃんがたおれた

金曜日の朝、ぼくはぐみを保育園《ほいくえん》に送《おく》ると家にもどって上江州《うえず》先生に手紙を書きはじめた。

ケータイのメールとちがって、紙に文を書くのは作文のようにむずかしい気がした。

ゆうべ、ママに、

「若《わか》い女の人に、どんなものをプレゼントしたらよろこばれるかな。感謝《かんしゃ》の気持ちなんだ」

って、さりげなく聞いたら、

「光、お金ないでしょ。お年玉でケータイを買って。光、もしかして、好《す》きな女の人ができたの？」

逆《ぎゃく》に質問《しつもん》されて、あせった。

「そうじゃないんだよ。児童館《じどうかん》の先生で」

ぼくのこたえを、ママはとちゅうでさえぎって、

「男はね、お金か心のどっちかがなければ女の人を好《す》きになる資格《しかく》がないの。富子《とみこ》さんはどっちを選《えら》ぶ？」

ママはおばあちゃんを、富子《とみこ》さんと呼《よ》ぶ。

「あたしは心だね」

おばあちゃんが言うと、ママは首を左右にふって、

「うそ、今だって、お金持ちをさがしてるけどなかなか見つからないから、今のボーイフレンドでがまんしてるくせに」

と小さな声で言った。

「光、『一生小学生』だと働《はたら》くことができないし、勉強《べんきょう》しないから、ラブレターもじょうずに書けなくなるんだよ」

ママのことばは、いたすぎる。

「とりあえず、お金のない光は、心をこめた手紙を書くしかないわね」


で、ぼくは今、手紙を書いている。

でも、文章《ぶんしょう》が出てこない。

考えてみれば、ぼくは六年生までの十二歳《さい》の人生で作文をほめられたことがない。

勉強《べんきょう》の成績《せいせき》は、並《なみ》。

回転寿司屋《かいてんずしや》に行くと、ママは決まって、

「セットの光」
と言う。
それは、特上《とくじょう》でも上でもなくさらに中でもなく、並寿司《なみずし》という意味《いみ》だ。
いつも「失礼《しつれい》な」と思うけど、事実《じじつ》だからしかたがない。
塾《じゅく》や予備校《よびこう》に行かないぼくに、未来《みらい》はないとママは言うけれど、ぼくには夢《ゆめ》がある。
中学を卒業《そつぎょう》したら、ラーメン屋《や》で働《はたら》いて調理《ちょうり》を覚《おぼ》えいつか独立《どくりつ》するんだ。
前にテレビ番組で、ラーメン王と呼《よ》ばれた人の物語《ものがたり》を見て心に決《き》めたんだ。
それを思い出して、ぼくは上江州《うえず》先生への手紙を書くことにした。

ぼくはいつか、ラーメン王になります。
そしたら、上江州《うえず》先生にいつもただでごちそうしたいです。

まっていてください。

いろいろ、ありがとうございました。

手紙を書き終って、

「これで、ぼくの気持《きも》ちが伝《つた》わるだろうか」

と思った。

しかも、ラーメン王の王と上江州《うえず》先生の名前だけしか漢字《かんじ》を使《つか》ってない。

「バカか、こいつは」

と思われるかもしれない。

ぼくはつかれて、たたみにねっころがった。

いつのまにか、ねていたらしい。

家の電話が、なっていた。

「長山さんのお宅《たく》ですか。ぐみちゃん、熱《ねつ》があって。お迎《むか》えにきてください」

保育士《ほいくし》さんからの連絡《れんらく》だった。

保育園《ほいくえん》に着《つ》くと、ぐみが少し赤い顔をしてぼくを待っていた。

ぐみはぼくの顔を見ると、

「なみー」

とさけんで、両手《りょうて》をあげた。

このごろ、ぐみはぼくのことを「なみー」と呼《よ》ぶ。

ママのせいだ。

ぼくは自転車《じてんしゃ》のかごの中から、だっこひもを出して、ぐみを入れた。

「ウフ、長山君《くん》、今からイクメンの練習《れんしゅう》ができていいわね」

保育士《ほいくし》さんが、ぼくを見て言った。

イクメンというのは、「育児《いくじ》」をする「男の人」という意味《いみ》だとテレビで知った。

（ぼくは結婚《けっこん》なんかしない。イクメンはぐみだけで十分）

と思ったとき、とつぜん、上江州《うえず》先生の笑顔《えがお》を思い出したけど、

「一生小学生じゃ、結婚《けっこん》できないよ」

と言うママのことばがよみがえって、ぼくはがっくりと肩《かた》をおとした。


ぐみの熱《ねつ》が、38度《ど》ちかくあったので、ぼくは児童館《じどうかん》に行きたい気持ちをがまんするしかなかった。

「明日になれば会えるから」

ぼくは自分に言いきかせた。

「なみー。ジューチュ、ほちい」

と言うぐみに、ぼくはジュースをのませながら、

「なみーじゃなくて、ひかる、兄ちゃんの名前はひ・か・るっていうんだよ」

言いきかせた。

「ぴかる、ちがうよー、なみー」

ぐみが首を左右にふった。

ぼくは、ぐみがおばあちゃんやママににて、いやみな性格《せいかく》のもち主《ぬし》だとわかった。

ぼくとぐみのパパはちがうけど、妹が生まれたとき、すごくうれしかった。

でも、だんだん、おばあちゃんやママににていくぐみを見ていると、ぼくの苦労《くろう》がふえそうな気がした。

土曜の朝、ぼくがねていると、

「光、おばあちゃんがラジオ体操《たいそう》のとちゅうでたおれたって。馬巻《まき》さんから連絡《れんらく》がきた」

ママがあわてたようすで、ケータイを見せた。

「ラジオ体操《たいそう》に一回行くと、シルバー会からスーパー五十円分の買物券《かいものけん》がもらえるのよ」

とおばあちゃんは言って、せっせと通っていた。

ぐみの熱《ねつ》が下がっていたので、ママはぐみをだっこひもに入れた。

「病院《びょういん》に行ってくるから」

とママが言ったとき、ぼくも立ちあがった。

「ぼくも行くよ」

おばあちゃんになにかあったら、どうしようとこわくなったのだ。

おばあちゃんがいて、ママがいて、ぐみがいて、「ぼくんち」なんだ。

一人でも欠《か》けてはいけない、「ぼくんち」

病院《びょういん》に着《つ》くと、おばあちゃんの友だちの馬巻《まき》さんが立っていて、

「圭子《けいこ》ちゃん、こっちだよ」

と手まねきしてくれた。

四人部屋《べや》の一番窓《まど》ぎわのベッドに、おばあちゃんがねていた。

おどろいたのは、おばあちゃんのねているベッドをとりかこむように、三人のおじいさんたちがすわっていたことだ。

案内《あんない》してくれた馬巻《まき》さんを入れれば、４人のおじいさんが心配《しんぱい》そうにおばあちゃんを見ていた。

「な、なにがあったんですか」

ママが馬巻《まき》さんに、聞いた。

「それが、ラジオ体操《たいそう》のおわりの頃《ころ》にね、スマホを見ていた仲間《なかま》の森まさ子さんが、富子《とみこ》さんに韓流《はんりゅう》スターのＦが結婚《けっこん》するってニュースをおしえたんで

すよ。富子《とみこ》さん、Ｆがすきだからショックでフラフラってたおれて、おしりを強くうったんです」

ぼくは自分の顔が赤くなっていくのが、わかった。

ママはあきれたんだと思う。

あごがはずれたように口をあけっぱなしだったから…。


「いた、た…」

と言うのが、おばあちゃんの第一声《だい》だった。

４人のおじいさんたちは、おばあちゃんが目を覚《さま》すと、「お大事《だいじ》に」と言って、帰っていった。

「あたし、長くないんだろ」

おばあちゃんがかなしそうな声で、ぼくたちに聞いた。

「ねんのために、体の検査《けんさ》するそうよ」

おばあちゃんはママのことばを聞くと、

「Fが結婚《けっこん》するんなら、生きていてもしかたがないわ」

とつぶやくように言った。

「今のところわるいのは、腰痛《ようつう》だからまだまだ、だいじょうぶよ」

そう言うママに、おばあちゃんが言った。

「ねぇ、圭子《けいこ》、あたし、勇《いさむ》さんの夢《ゆめ》を見ていたんだよ」

それはぼくがはじめて耳にする男の人の名前だった。

「どうするの、今さら」

ママが言った。

「どうしてるか、知りたいんだよ。勇《いさむ》さん、夢《ゆめ》の中では、元気そうだったけど。やっぱり今でもあたしの夫《おっと》だし、圭子《けいこ》のお父さんだろ」

今度《こんど》は、ぼくがたおれそうになった。

「圭子《けいこ》のお父さん」ということは、ぼくのおじいちゃんってことだ。

「もう家を出てから十年よ」

ママがぐずりだしたぐみのおしりを、なだめるように「ポン、ポン」とたたいた。

担当《たんとう》の先生の話を聞いたり入院《にゅういん》の手続《てつづ》きをしたりして病院《びょういん》を出たのは夕方だった。

「十年前に家を出て、それっきり。一度《いちど》手紙がきたけど…」

ママのことばにうなづきかけて、ぼくは大事《だいじ》なことに気がついた。

児童館《じどうかん》の上江州《うえず》先生のお別《わか》れ会を、わすれていたことに…。

3　ぼくにおじいちゃんがいた

日曜日の朝、ぼくは児童館《じどうかん》に飛《と》んで行った。

羽があれば、飛《と》びたいぐらいの気持ちだった。

「あれ、光君《くん》、なんできのうこなかったの。上江州《うえず》先生のお別《わか》れ会に」

ママとおなじような年の大村文子先生が、ふしぎそうな顔つきで聞いてきた。

大村先生はむかし、小学校の先生で今はパートで児童館《じどうかん》で働《はたら》いている。

「上江州《うえず》先生のこと、年上だけどすきだったんでしょ」

大村先生が「ニィー」と笑って、ぼくを見た。

僕《ぼく》は心の中で、

（ヤバ、読まれてた）

と思ったけど、大村先生のことばにこたえず職員室《しょくいんしつ》の青木先生をさがした。

「これから、プラネタリウムの投映《とうえい》」

大村先生が三階《かい》をしめすように、人《ひと》さし指《ゆび》で上をさした。

ぼくは三階《かい》にかけのぼって、重《おも》たいプラネタリウム室のドアを開《あ》けた。

青木先生は投映機《とうえいき》用のイスにすわっていたけどぼくを見つけると、小さくうなずいてくれた。

それと同時に、プラネタリウム室が暗《くら》くなり丸いドームのかべに映像《えいぞう》がうつしだされた。

「冬の星座《せいざ》」

映像《えいぞう》とともに、男の人のナレーションがはじまった。

「冬の星座《せいざ》を代表《だいひょう》するのは、『冬の大三角形』でしょう。目の前の星、『オリオン座《ざ》』の一等星《とうせい》ベテルギウス、その左下の『おおいぬ座《ざ》』のシリウス、そして『こいぬ座《ざ》』の一等星《とうせい》プロキオン、この三つの星を、『冬の大三角形』と言います」

いつもこのへんで、ぼくはねてしまう。

つぎに起《お》きるのは、投映《とうえい》が終ってプラネタリウム室が明るくなるときだ。

「長山君《くん》、よくねむれましたか」

気がつくと青木先生が、目の前に立っていた。

ぼくは頭をかきながら、青木先生のあとについてプラネタリウム室を出た。

「ここでいいかな」

青木先生は二階《かい》にある小さな図書館《としょかん》にだれもいないのをたしかめると、先に中に入ってテーブルの前にすわった。

「上江州《うえず》先生、きのう心配《しんぱい》してたぞ。長山君《くん》はぐあいでもわるくなったのかなって」

青木先生のことばで、ぼくの顔があつくなった。

ぼくはきのう児童館《じどうかん》にこられなかった理由《りゆう》を、言った。

青木先生はめずらしくまじめな表情《ひょうじょう》になって、はなしの続《つづ》きをしてくれた。

「上江州《うえず》先生、ちょっとホームシックでさ、沖縄《おきなわ》に帰りたくなったらしい。東京の大学をやめようか、なやんでたしな」

青木先生のことばの中の『沖縄《おきなわ》』が、どこなのかわからなくて、ぼくはキョトンとするしかなかった。

「沖縄《おきなわ》って、日本のどこにあるか、わかるか」

青木先生に聞かれて、ぼくは「沖縄《おきなわ》」が日本にあるんだと知った。

「そこの日本地図をここに」

青木先生はぼくのうしろにある本だなを指《ゆび》さした。

ぼくが日本地図を持《も》って、テーブルの上におくと、青木先生は、

「長山君《くん》、これから社会科の勉強《べんきょう》な」

と言って、地図を広げた。

「これが、日本列島《れっとう》、そして、ここが九州《きゅうしゅう》、さらに下にいって、この点々とした島々《しまじま》を沖縄《おきなわ》と呼《よ》ぶんだよ」

そこはぼくの住《す》んでいる埼玉県《さいたまけん》の市から、なんて遠いところなんだろうと思った。

「沖縄《おきなわ》はね、日本が江戸時代《えどじだい》のときには独立《どくりつ》した琉球《りゅうきゅう》王国と呼《よ》ばれる国だったんだよ。やがて明治政府《めいじせいふ》に統合《とうごう》されて沖縄県《おきなわけん》になって、70年前の太平洋戦《たいへいようせん》争《そう》ではアメリカ軍《ぐん》の攻撃《こうげき》をうけて、県民《けんみん》の四人に一人が死《し》んだんだ」

ぼくは青木先生の話をだまって聞いていた。

「なっ、長山君《くん》、学校に行けばたくさんの本があって、おれより頭のいいやつはいないが、先生がいる。人間として知らなければならないことを学ぶところが学校なんだよ。君《きみ》は上江州《うえず》先生がすきだろ」

青木先生の質問《しつもん》に、ぼくは思わず「うん」と言ってしまった。

「だとしたら、上江州《うえず》先生のふるさと沖縄《おきなわ》がどんなところか知らなくちゃ。だろ」

ぼくはうなずいた。

「すきな人がどんなところに生まれて、育《そだ》ったのか、そこではどんなものが作られているのか、知ろうとするのが愛《あい》なんだ」

青木先生はそこまで言うと、

「おれって、どうしてこんなに頭がいいんだろう」

とぼくに聞いた。

「沖縄《おきなわ》」の二文字が、ぼくの頭からはなれなくなった。

そうして、地図上で見た沖縄《おきなわ》の遠さを思うと、ぼくはもう上江州《うえず》先生に会えないかもしれないのだとかなしい気持《きも》ちになった。

家にもどると、ママがいて、

「光、ちょっと」

とぼくをキッチンに呼《よ》んだ。

ママはテーブルの上に、白いふうとうをおいた。

「あのね、光、これはおばあちゃんのへそくりのお金。おばあちゃんがね、どうしてもおじいちゃんがどうしてるのか知りたいって言うの。ママはね、あの人をゆるしてないの。かってに家を出て行って、おばあちゃんとママをすてた人だから、たとえ、父であってもね。十年前、光が二歳《さい》のとき、あの人は家を出て行ったの。光、あんたがあの人に会ってきて。今どうしてるのか、おしえて。きちんと、おばあちゃんと離婚《りこん》してほしいしね。どうせ、学校に行かないんだから、いいよね」

ママはそれだけを言うと、白いふうとうの中からおりたたんだハガキを出して、ぼくに見せた。

「9年前にきた、あの人からのハガキ。住所《じゅうしょ》はかわってるかもしれないけど、市役所《しやくしょ》に行けばおしえてくれるはず。あんた、孫《まご》なんだから。健康保険証《けんこうほけんしょう》のコピーを持って行けば安心《あんしん》だし」

ぼくは茶色に変色《へんしょく》したハガキを広げた。

富子《とみこ》へ

とりあえず、ここにいる。

仕事《しごと》をみつけたら、送金《そうきん》する。

圭子《けいこ》や光をたのむ。すまない。

沖縄県那覇市泊《おきなわけんなはしとまり》……
長山　勇《いさむ》

ぼくは信《しん》じられない思いで、まばたきをくりかえした。

今のぼくには、東京でも、秋田でも、日本中全国《ぜんこく》の地名が「沖縄《おきなわ》」に見えるのかもしれないと思ったのだ。

なんど、まばたきをしても「沖縄《おきなわ》」の文字にかわりはなかった。

「ママ、これ『沖縄《おきなわ》』って、とこだよね」

ぼくはママにたしかめるように、聞いた。

「よく読めたじゃん」

ママはびっくりしたというように、ぼくを見た。

「並《なみ》」のぼくが「沖縄《おきなわ》」の字を読めたのは、青木先生のおかげだ。

知らないことをおしえてくれる先生とか、学校とかは、とっても大切な人であり、場所《ばしょ》なんだとぼくははじめて思った。

「行くよ、ママ。沖縄《おきなわ》に」

本当のことを言うと、上江州《うえず》先生のいる沖縄《おきなわ》でなければ「行くよ」とは、すぐに言えなかったかもしれない。

記憶《きおく》にない勇《いさむ》さんという「おじいちゃん」にそれほど会いたい気持《きも》ちはなかったから。

三日後、ぼくはママと東京の羽田空港《くうこう》にいた。

ぼくは生まれてはじめて飛行機《ひこうき》に乗ることに、胸《むね》をドキドキさせていた。

羽田空港《くうこう》の大きさは、住《す》んでるY市の駅《えき》の何百倍《ばい》あるだろうと思わせたし、空港《くうこう》に入ったとたん天井《てんじょう》の高さにもおどろいた。

ママは飛行機《ひこうき》のチケットをぼくにわたすと、着《き》がえの入ったリュックサックの中をもう一度《いちど》たしかめるように見た。

「新しいケータイは上野君《くん》は知らないから安心《あんしん》して電源《でんげん》を入れておくのよ。こまったことがあったら、すぐ連絡《れんらく》してね」

さすがのママも、ぼくの沖縄《おきなわ》一人旅《たび》が心配《しんぱい》のようで同じことをなんども言った。

「那覇市内《なはしない》の民宿《みんしゅく》を予約《よやく》したけど、部屋《へや》はしっかりカギをかけるのよ」

3　ぼくにおじいちゃんがいた

ママの一つ一つの注意《ちゅうい》が、ぼくをだんだん不安《ふあん》にさせていることに、ママは気がつかない。

「四泊《ぱく》五日で、あの人のことがわからなかったらそれでいいから。おばあちゃんも気がすむだろうしね」

手荷物検査場《てにもつけんさじょう》に入るところで、ママと別《わか》れた。

四角い検査機《けんさき》の中をゆっくりと通ると、次《つぎ》に検査員《けんさいん》の人が棒《ぼう》のような機械《きかい》をぼくの体のあちこちにあてた。

それがすんで、ぼくはチケットに印刷《いんさつ》してある飛行機《ひこうき》の搭乗口《とうじょうぐち》に向《む》かって歩いた。

一人旅《たび》の不安《ふあん》はあったけど、数日前上江州《うえず》先生も同じことをして沖縄《おきなわ》に帰ったのだと思うだけで、勇気《ゆうき》づけられた。

「みやげ買ってこいよ」

昨日《きのう》、青木先生はそう言って、上江州《うえず》先生の沖縄《おきなわ》の住所《じゅうしょ》を新しいケータイのメールに送《おく》ってくれていた。

そのケータイを、ぼくはもう一度《いちど》とりだした。

4　上江洲《うえず》先生の沖縄《おきなわ》

「この飛行機《ひこうき》はこれより沖縄《おきなわ》の那覇《なは》空港《くうこう》に向《む》けて離陸《りりく》いたします。もう一《いち》度《ど》、腰《こし》のシートベルトをおたしかめください」

ぼくはさっききれいなＣＡのお姉さんに、おしてもらってしめたシートベルトを手でさわってたしかめた。

ものすごいスピードで飛行機《ひこうき》が走り出したかとおもうと一瞬《いっしゅん》、体が前方にひっぱられるような気がした。

飛行機《ひこうき》が地上から離陸《りりく》した瞬間《しゅんかん》だった。

小さな窓《まど》から、東京湾《とうきょうわん》が見えた。

ぼくは生まれてはじめて乗《の》った飛行機《ひこうき》に、感動《かんどう》した。遊園地《ゆうえんち》のジェットコースターに乗《の》ったときより「すげぇ」と思った。料金《りょうきん》の高さと乗《の》ってる時間の長さが、ちがうからだ。

ジェットコースターは、すぐに終ってしまうけど、この飛行機《ひこうき》は那覇空港《なはくうこう》まで二時間半もかかると機内《きない》アナウンスが伝《つた》えていた。

なんと二時間半もこの中にいられるのだ。

ぼくは鳥になった気分だった。

「お飲《の》み物《もの》はなにがいいですか」

シートベルトサインが消《き》えると、ＣＡのお姉さんが飲《の》み物《もの》をのせたワゴンをおしてきて、ぼくに聞いた。

「あのう、オレンジジュース、いくらですか」

とぼくがさいふをとり出そうとすると、

「ただですよ」

ＣＡのお姉さんがニッコリとほほえんで、紙コップに入ったオレンジジュースをわたしてくれた。

ぼくはジュースを飲《の》みながら、ぼくの記憶《きおく》にない「勇《いさむ》さん」という人に感《かん》謝《しゃ》した。

ママは「あの人」と呼《よ》ぶけれど、ぼくは勇《いさむ》さんのおかげでこの飛行機《ひこうき》に乗《の》れたんだから、ありがとうという気持《きも》ちになってふつうだと思った。

ぼくはいつのまにか、ねていたらしい。

「シートベルトをつけましょうね」

と言うＣＡのお姉さんの声で、目が覚《さ》めた。

「この飛行機《ひこうき》は、およそ十五分で、那覇空港《なはくうこう》に到着《とうちゃく》いたします」

機内《きない》アナウンスを聞いて、

（ああ、なんでこんなすてきな時間をねてしまったんだろう）

とぼくは、自分の頭をはたいた。

飛行機《ひこうき》の外に出たとたん、十二月なのにモアッとしたあたたかい空気に体がつつまれた。

歩いて行くと、きれいなランの花が鉢《はち》に植《う》えられて通路《つうろ》にかざられていた。

空港《くうこう》でママに電話をすると、

「空港駅《くうこうえき》からモノレールに乗《の》って、安里《あさと》という駅《えき》でおりなさい。大きなスーパーがあって民宿《みんしゅく》はその近くの『ゆいまーる』ってとこだから。おさいふは肌身《はだみ》、離《はな》さず」

ケータイの通話代《だい》がかからないように、てきぱきと指示《しじ》をして切れた。

「飛行機《ひこうき》、どうだった」とか「沖縄《おきなわ》はどんなとこ」とか、聞いてほしいことがあったのに。

ぼくは空港駅《くうこうえき》始発《しはつ》の二両《りょう》しかないモノレールに乗《の》った。

正式《せいしき》な名前は「ゆいレール」。

空港駅《くうこうえき》から首里駅《しゅりえき》までを結《むす》ぶ沖縄《おきなわ》ただ一つのモノレールだと、車内の説明《せつめい》書《しょ》で知った。

「首里《しゅり》」という文字を見たとき、ぼくは青木先生が送《おく》ってくれた上江州《うえず》先生の住所《じゅうしょ》を思い出した。

ぼくはケータイのメールを見た。

上江州《うえず》帆香《ほのか》先生の住所《じゅうしょ》
沖縄県《おきなわけん》那覇市《なはし》首里《しゅり》金城町《きんじょうちょう》……

空港駅《くうこうえき》から終点《しゅうてん》の首里駅《しゅりえき》まで行けば、上江州《うえず》先生の住《す》んでる町に行けるのだとわかったとき、ぼくは安里《あさと》でおりないで首里《しゅり》まで行きたいと思った。でもママのこわい顔がうかんでやめた。

牧志駅《まきしえき》から安里駅《あさとえき》までの間、明るい音楽が車内に流《なが》れた。

「人生って、楽しいぞ」と思わせるような軽《かる》くて、楽しいのりのメロディーに、ぼくの足が勝手《かって》にリズムをとって動《うご》き出しそうだった。

たった二両《りょう》なのに、人を元気づけるモノレールは、小さな遊園地《ゆうえんち》のようだった。

安里駅《あさとえき》から民宿《みんしゅく》「ゆいまーる」に電話をすると、女の人が出て、

「ここまで、こんでいいよ。むかえに行くからさ」

と言ってくれた。

ぼくは着《き》ていたダウンコートを脱《ぬ》いで、手に持った。

それほど、暖《あたた》かくてぼくは額《ひたい》に汗《あせ》をかいていた。埼玉《さいたま》の寒《さむ》さと大ちがいだっ

た。

民宿《みんしゅく》「ゆいまーる」は灰色《はいいろ》のコンクリート造《づく》りの二階建《かいだ》てになっていて、かなりの年月がたっているのをしめすように建物《たてもの》がつたでおおわれていた。

女の人は、うちのおばあちゃんと同じか、それより少し若《わか》い感じがした。

「そう、えらいねー、おじいをさがしにきたんだってねー」

と玄関《げんかん》わきのロビーで、女の人は冷《つめ》たいお茶を出してくれた。

ママが予約《よやく》のとき、ぼくが泊《とま》る理由《りゆう》を話してくれていた。

「夕食、食べましょうね」

女の人は、自分を「おばあ」と呼《よ》べと言った。

小さなキッチンに丸いテーブルがあって、イスが五つおいてあった。

「うちは五人しか泊《とま》れないからさー」

おばあは、キッチンの中に入ると、

「今夜は、お客《きゃく》さんはあんた一人だよー、だから、ゆっくりしてねー」

とカウンターごしに、笑いかけてくれた。

キッチンにも音楽が流《なが》れていて、おばあが作ってくれたオムライスを食べようとしたとき、さっき、モノレールの中で聞いた音楽が流《なが》れてきた。

「これ、なんて曲《きょく》ですか」

とぼくが聞くと、おばあは、

「安里屋《あさとや》ユンタって曲《きょく》さー。昔《むかし》、沖縄《おきなわ》が琉球《りゅうきゅう》王国の時代《じだい》にさ、竹富島《たけとみじま》にいた美人《びじん》の安里屋《あさとや》クヤマって娘《むすめ》にほれた役人《やくにん》がどんなにいいよっても、クヤマははねつけたんだよー。そのころの役人《やくにん》はえらかったからねー、みんな感心《かんしん》しながらもクヤマの強さを、おもしろおかしく歌にしたんだよー」

おばあはそう言ってから、

「沖縄《おきなわ》の女は、強《つよ》いってことさー」

と言った。

ぼくは昇太《しょうた》をこわがる自分が、ちょっと、なさけなくなった。

夕食がすむと、おばあが言った。

「食器《しょっき》は自分であらってかたずけるのが、ここの決まりだよー。みんなで助《たす》け合《あ》う、うちの「ゆいまーる」は、そういう意味《いみ》さ」

ぼくは家でも、おなじルールだからさっさと食器《しょっき》をあらった。

おばあは、そんなぼくを、

「小学生なのに、えらい」

とほめてくれたけど、家で「一生小学生」かも知れないと言われてることは、だまっていた。

二階《かい》の大きな部屋《へや》に二段《だん》ベッドが二つと、一人用のベッドが一台おいてあった。

ぼくは一人用のベッドにねた。

まくらカバーも、シーツも、石けんのにおいがして気持《きも》ちよかった。

朝食は牛乳《ぎゅうにゅう》とハチミツがかかったトーストでハチミツは沖縄産《おきなわさん》だという。

こんなことを言ってはいけないのだけど、ぼくはここにずっといたいと思いはじめていた。家よりいごこちがいいのだ。それは、おばあの作るお料理《りょうり》がおいしいし、「一生小学生」とこごとを言われないからだ。

ぼくは朝食のあと、勇《いさむ》さんからのハガキをおばあに見せた。

「この住所《じゅうしょ》のとこに行きたいんですけど」

おばあは老眼鏡《ろうがんきょう》をかけてハガキを見ると、

「長山勇《いさむ》、あれぇ、この人、もしかしたらよ」

おばあはそう言うと、立ち上がって新聞をもってきて広げた。

「ほら、今朝の記事《きじ》にものってたさー」

辺野古《へのこ》のおじい
座《すわ》りこみ100日目
「新基地《きち》はいらない」
長山勇《いさむ》さんに聞く

ぼくは記事《きじ》の見出しを見て、

「こんなえらい人じゃありません」

と言った。

ママから聞いた、おじいちゃんのイメージはこんな人ではなく、ひっそりと生きてる、そんな感《かん》じだ。

「そうね、でも、この人有名《ゆうめい》だよー。本土からきて沖縄《おきなわ》のためにがんばってくれてるって」

おばあの「本土からきて」のことばが、心にひっかかった。

ぼくは写真《しゃしん》の男の人を見た。

むぎわら帽子《ぼうし》の下の白いまゆと細い目。ひげもじゃのほほ。

ぼくはメールで、おじいちゃんの若《わか》い日の写真《しゃしん》を送信《そうしん》してと、ママにたのんだ。

すぐさま、「ない」という返信《へんしん》がきた。

ぼくは新聞の写真《しゃしん》をとって、メールで送信《そうしん》した。

十分ぐらいたってから、

「かなり変《かわ》ってるけど、にてるかも」

という、よくわからない返信《へんしん》メールがきた。

とりあえず、この男の人をたずねてみようと思った。

新聞社に行って、住所《じゅうしょ》を聞いてもなかなかおしえてくれなかったけど、「孫《まご》」だと言うとやっとおしえてくれた。

新しい住所《じゅうしょ》は、ハガキのとはちがっていて、那覇市牧志《なはしまきし》……になっていた。

ぼくはケータイで地図を見ながら、おじいちゃんかもしれない人の家をさがしはじめた。

5　おじいちゃんを見つけた！

「牧志《まきし》は、ゆいレールで一つ空港寄《くうこうよ》りの駅《えき》だよ」

二日目の朝、おばあがおしえてくれたとおり、ぼくはゆいレールに乗《の》った。

牧志駅《まきしえき》も首里《しゅり》とは、反対方向《はんたいほうこう》にある。

ぼくはなかなか、首里《しゅり》に行けないことにがっかりしていた。

今のぼくにとって、会ったこともないおじいちゃんをさがすより、上江州《うえず》先生をさがす方がみりょく的《てき》だった。

ただ、ママとおばあちゃんのことを考えると、そういうわけにもいかない。

今度《こんど》の役目《やくめ》をはたせなかったら、ぼくは「一生小学生」で、「一生住《す》む所《ところ》なし」

になるおそれが待っているからだ。

ゆいレールの中で、また、「安里屋《あさとや》ユンタ」の曲《きょく》を聞いた。

「沖縄《おきなわ》の女は、強《つよ》いよー」

と言うおばあのことばを思い出すと、学校に行けない弱虫のぼくの心がいたい。

牧志駅《まきしえき》で駅員《えきいん》さんに紙を見せると、

「左の出口を出て、国際通《こくさいどお》りをまっすぐ進《すす》むとハピナハという大きな建物《たてもの》があるから、そのうしろあたりで、聞いてみて」

とくわしくおしえてくれた。

駅《えき》の長い階段《かいだん》をおりて、左に歩きだすと車の行きかう道の左右にびっしりとお店が並《なら》んでいた。

「お兄さーん、修学旅行生《しゅうがくりょこうせい》、安《やす》くしておくよー」

という土産物屋《みやげものや》の前に、たくさんの男の人が立っていて、ぼくにも声をかけてきた。

(お土産《みやげ》は、いらないから。お金はなるべく使《つか》わない)

というママの声が聞こえてくるような気がした。

国際《こくさい》通りはにぎやかだったけれど、クリスマスのかざりつけがあまりない。クリスマスソングだけが、流《なが》れていた。

ぼくの住《す》む埼玉県《さいたまけん》のY市でさえ駅前《えきまえ》に大きなクリスマスツリーがかざられて、12月上旬《じょうじゅん》にはツリーの点灯式《てんとうしき》もある。

クリスマスのはなやかなかざりつけやイルミネーションを期待《きたい》していたぼくは、ちょっと、がっかりした。

そんなことを考えていたとき、「ゴーッ」というものすごい音が頭上でした。

ぼくはびっくりして、空を見上げた。

「オスプレイだよ」

近くにいた土産物屋《みやげものや》の男の人が、おしえてくれた。

前にテレビで見たことがあって、オスプレイをぼくはかっこいいって思ってた。

でも、自分の頭の上を飛《と》ぶのを見たとき、「こわい」って正直に思った。

さっきの男の人が、空を見上げた。

ぼくのくらす埼玉《さいたま》で、こんな経験《けいけん》をしたことはなかった。

沖縄《おきなわ》の別の一面を見た気がした。

気をとりなおして、ぼくはケータイで国際《こくさい》通りの写真《しゃしん》を何枚《なんまい》もとって、確《かく》認《にん》しようとしたとき、ママから電話が入った。

「ママね、ゆうべ、ずーっと、考えたんだけど、『辺野古《へのこ》のおじい』って呼《よ》ばれてる人のこと。そんな人のためになることをさ、する人じゃないと思うの、あの人。だってさ、妻《つま》や子に十年間も連絡《れんらく》してこない人が、そんな立派《りっぱ》なことをするはずないし、ちがうと思う」

ママの話しのとちゅうで、ぼくは、

「じゃ、もう、おじいちゃんはさがさなくていいの」

と聞いた。

ママが「いい」と言ったら、首里《しゅり》に行くんだ。

「いや、せっかくだから、その人に会ってみて。それでダメならあきらめるわ」

ぼくはがっかりして、ケータイを切った。

「さぁ、さぁ、お化《ば》け屋敷《やしき》、まだ間に合いますよ、お兄ちゃん、おもしろいよ」

よしもと沖縄《おきなわ》花月《かげつ》の文字の入ったはんてんを着《き》た若《わか》い男の人が、ぼくにチラシをくれた。

（お化《ば》け屋敷《やしき》に、入りたいな）

と思ったけど、おじいちゃんさがしをしなければママにしかられるから、あきらめた。

お化《ば》け屋敷《やしき》が入ってるビルが、駅員《えきいん》さんの言っていた「ハピナハ」だと、ケータイの地図を見て気がついた。

ハピナハには、お化《ば》け屋敷《やしき》のほかに花月劇場《かげつげきじょう》やレストラン、お土産屋《みやげや》が入っていた。

少し前は、「三越《みつこし》」デパートだったとハピナハの中の店員《てんいん》さんがおしえてくれた。

その店員《てんいん》さんに、紙に書かれた住所《じゅうしょ》を見せると、

「このビルとマクドナルドの間の道を下におりて行くと、古いビルがあるけど、そこかもしれない。五階建《かいだ》てで一階《かい》が貸室《かしつ》になってるわ」

と外に出て、指《ゆび》をさしてくれた。

ぼくは、言われたとおりに、坂道《さかみち》をおりていった。

「一時間100円」と書かれた駐車場《ちゅうしゃじょう》の横《よこ》に、そのビルがあった。

一階《かい》に「貸室《かししつ》」という紙がはってあった。

ぼくは階段《かいだん》を使《つか》って、三階《かい》に上がった。
301　長山　勇《いさむ》
という表札《ひょうさつ》を見つけたとき、「ついに見つけたぞ」といううれしさと、「ほんとうにぼくのおじいちゃんだろうか」という不安《ふあん》が、決《けっ》して溶《と》けあわない水と油《あぶら》のように分離《ぶんり》したまま心の中でゆれた。

ぼくは部屋《へや》のチャイムを押《お》した。

胸《むね》がドキドキした。

けれど、返事《へんじ》もなければ、だれかがドアを開《あ》けて出てくることもなかった。

三度《ど》目のチャイムで反応《はんのう》がなければ、時間をつぶしてまたくるしかないと思った。

五分待っても、だれも出てこなかった。

ぼくはあきらめてビルを、出た。


吹《ふ》いてくる風が、すずしい。

ぼくはベンチを見つけてすわり、リュックサックの中からおばあの作ってくれたおにぎりを取《と》りだした。

「これはジューシーのおにぎりといってさ、沖縄《おきなわ》の名物《めいぶつ》なんだよ。豚肉《ぶたにく》とニンジン、しいたけ、こんぶを入れてたいたご飯《はん》に、おばあは生のよもぎをきざんで入れるからよ、さっぱりして、いくらでも食べれるさー」

おばあは、大きなジューシーのおにぎりを三個《こ》も持《も》たせてくれた。

おしょう油《ゆ》の味《あじ》なんだけど、今まで食べたことのない「濃《こ》さ」があって、栄養《えいよう》スープの入ったおにぎりを食べてるようだった。

おにぎりのあとは、やっぱりおばあが持《も》たせてくれたサンピン茶の入ったペットボトルを飲《の》んだ。

サンピン茶は中国のジャスミン茶のことだと、おばあがおしえてくれた。

ぼくはもう一度《いちど》、おじいちゃんが住《す》んでるかもしれないビルに行こうとして、ベンチから立ち上がった。

ビルに向《むか》うとちゅうで、ケータイがなった。

「富子《とみこ》さん、腰《こし》いがいはどこも悪《わる》くなくて退院《たいいん》したから」

とママは言ってから、

「どうも、富子《とみこ》さん、あの人に帰ってきてほしいみたい。信《しん》じられないけどね。もしさ、新聞記事《きじ》の人があの人だったら、富子《とみこ》さんが帰ってきてほしいって言ってるって伝《つた》えて。富子《とみこ》さん、入院《にゅういん》しただけで弱気になってるの」

ぼくは三階《かい》の301のドアのチャイムを、押した。

「ピンポーン」

という音のあとすぐに、ドアが開《ひら》いたので、ぼくはびっくりした。

「だれね」

黒い髪《かみ》の毛《け》を背中《せなか》までのばした女の人が顔を出した。

「あっ、ぼく」

と言いかけると、女の人は、

「ちょ、ちょっと、待ってて。お化粧《けしょう》してくるー」

あわててドアをしめた。

ぼくはケータイのゲームをして、待っていた。

十五分ぐらいして、さっきの女の人が、

「待たせてよ、悪《わる》かったねー」

と言いながら、ドアを開けてくれた。

「だれって？　あんた、だれよ」

女の人はよく見ると、小がらでポッチャリした中年の女の人だった。

「あの、ぼく、長山光って言います」

ぼくが名前を言ったとたん、女の人はおどろいたように目を見開いた。それから、

「エーッ、あんた、勇《いさむ》さんの孫《まご》やろー」

とさけぶように言った。

そのことばで、ぼくの心の水と油《あぶら》が溶《と》けあって一つになった。ここはおじいちゃんの家だった。

「ハイ」

ぼくはうなずいた。

「わたしよ、さっきまでねてて、ごめんね」

女の人は、ぼくを部屋《へや》の中に入れてくれた。

部屋《へや》は2DKで、埼玉《さいたま》のぼくの家よりせまかった。

「ほら、見て、あんたのおじい、あんたたちの家族《かぞく》の写真《しゃしん》をここにかざってたさー。あんた写真《しゃしん》の中では二歳《さい》の赤ちゃんやろ、見ても気がつかなくてごめんなー。埼玉《さいたま》のお家《うち》によ、連絡《れんらく》せなあかんと思ってはいたのよー」

女の人に言われてぼくは、ぼくをだいたママと富子《とみこ》さんの三人が映《うつ》った写《しゃ》真《しん》が額《がく》に入れられて、食器棚《しょっきだな》の上にかざられてるのを見た。

「あんた、どこに泊《とま》ってるの？」

女の人に聞かれて、ぼくが「ゆいまーる」の名前を言うと、

「あんたは今日から、ここに泊《とま》らないけんよー。おばちゃんが『ゆいまーる』に行って事情《じじょう》を説明《せつめい》してくるからあんたはここにいて」

おばちゃんは、ぼくに命令《めいれい》するように言った。

6　民謡《みんよう》歌手のひろ子さん

ぼくはママに電話して、おじいちゃんが見つかったこととその家に泊《とま》ることを言った。

「宿泊代《しゅくはくだい》が助《たす》かるけど、どんな家なの？　だれかとくらしているの？」

ママにいろいろ聞かれたけど、はっきりとしたことはぼくにもわからなかったから、答えられなかった。

ほんとは「ゆいまーる」が気に入ってたから、おじいちゃんの家に泊《とま》るなんて考えてもいなかった。

あんまり、おばちゃんが言うし、その熱心《ねっしん》さにぼくがひいたのだ。

「いやいや、『ゆいまーる』のおばあ、千円しかとらないさー、小学生から
お金をもらう気はないって、いい人やね」
しばらくして、帰ってきたおばさんは、スーパーのふくろを両手《りょうて》にさげて
いた。
「おばちゃん、子どもいないからよ、どんなもん、あんた、いや光ちゃんが
すきかわかんないけど、ジュースやおかし買ってきたから食べてねー、で、
今から夕食作るさー」
おばちゃんは小さな台所《だいどころ》で、お米をときはじめた。
ぼくはテレビを見ていたけど、埼玉《さいたま》で見ていたテレビ局《きょく》の全部《ぜんぶ》は映《うつ》らず、
ＮＨＫとほかの三局《きょく》だけが映《うつ》った。
おばちゃんは料理《りょうり》を作るあいだ、
「光君《くん》、なん年生ー」

とか、

「光君《くん》のすきな科目《かもく》はなんねー」

とか、質問《しつもん》してきた。

「六年生ですきなひとはいるけど、すきな科目はない」

と答えたら、おばちゃんは上をむいて、

「アハハハ」

と笑《わら》った。

ママにそんなことを言ったら、頭に一発《いっぱつ》はり手がきただろう。

ぼくはおばちゃんにになら、なんでも言えそうな気がした。

夕方、おばちゃんは二つある部屋《へや》の奥《おく》に入って、なかなか出てこなかった。

ぼくはおばちゃんはなにをしてるのだろうと、気になったし、おばちゃんと話すことが楽しくなってたから、たいくつだった。

「さっ、できましたよー」

ぼくは部屋《へや》から出てきたおばちゃんを見て、

「すげぇ」

と声を上げた。

「なんねー、はずかしい」

長い髪《かみ》をアップにして、さっきよりこいお化粧《けしょう》を、おばちゃんはしていた。

なにより、おどろいたのはオレンジ色の花もようの着物《きもの》を着《き》ていたことだ。

「なに、びっくりした、これはよ琉球《りゅうきゅう》王朝時代《じだい》の髪型《かみがた》と着物《きもの》でさ、帯《おび》をつけないさー、琉装《りゅうそう》って言うんよ」

おばちゃんがうしろをむくと、髪《かみ》に一本ぼうのようなかんざしがさしてあった。

「おばちゃん、これから民謡酒場《みんようさかば》で歌手してくるさー、おじいにはメールしてあるから二人でご飯《はん》食べててねー」

おばちゃんは大きなハンドバッグを持つと、家を出て行った。

ぼくは生まれてはじめてというか、二歳《さい》までは会っていたらしいけど、記《き》憶《おく》にないおじいちゃんとどんなあいさつをすればいいのか、考えるとお腹《なか》がいたくなるような気がした。

おばちゃんが仕事《しごと》に行って、一時間後、玄関《げんかん》のドアがあく音がした。

ぼくは正座《せいざ》をして、部屋《へや》には入ってくるおじいちゃんを待った。

「ウン」

おじいちゃんはうなずいて、ぼくの前にすわり、あぐらをくんだ。

「光…か」

聞かれて、ぼくはうなずいた。

そうして、ゆっくりとおじいちゃんの顔を見た。

日に焼《や》けてまっ黒な顔の半分が、まっ白なひげでおおわれていた。

「よく、ここが分かったな」

おじいちゃんは一人言のように、つぶやいた。

「新聞で」

ぼくが言うと、おじいちゃんはそれには答えず、

「飯《めし》を食おう」

と言った。

台所《だいどころ》からおじいちゃんは、ご飯《はん》とおかずの入ったお皿《さら》を運《はこ》んできた。

小さなテーブルは、それだけでいっぱいになった。

「今日は熱《あつ》い」

おじいちゃんはそう言うと、そばの扇風機《せんぷうき》をつけた。

ぼくはきんちょうして、汗《あせ》をかいているのかと思ったけど、気温《きおん》がたかかっ

たのだ。

十二月に扇風機《せんぷうき》にあたるのも、はじめてだった。

おじいちゃんは小型《こがた》の冷蔵庫《れいぞうこ》から、サンピン茶のペットボトルを出してぼくの前におき、自分用に缶《かん》ビールをおいた。

「プシュ」という缶《かん》ビールをあける音が、部屋《へや》にひびいた。

「これはゴーヤチャンプルーだ。ゴーヤととうふをいためたんだ」

缶《かん》ビールをそのまま飲《の》みながら、おじいちゃんがおばちゃんの作ってくれたおかずを説明《せつめい》してくれた。

ぼくはおはしをのばして、緑色《みどりいろ》のゴーヤと白いおとうふのいためものをつまんで、ご飯《はん》の上にのせて食べた。

(しょっぱい)と思ったけど、そんなことは言えないからご飯《はん》をかきこんだ。

「ヘタなんだ」

おじいちゃんのことばの意味《いみ》がわからなくて、

「ハッ？」

とぼくが顔を上げると、

「ひろ子は料理《りょうり》が、ヘタなんだ」

おじいちゃんはムッとした顔のまま、ぼくに聞こえるように言いなおした。

それは埼玉《さいたま》のおばあちゃんもいっしょで、ママも上手ではない。

ぼくはおばちゃんの名前が、ひろ子さんというのだとおじいちゃんのことばで知った。

夕食を食べ終わって、ぼくが自分の食器《しょっき》を台所《だいどころ》に運《はこ》んであらおうとしたら、

「おいておけ。おれがあらう」

とおじいちゃんが言った。

「奥《おく》の部屋《へや》に布団《ふとん》をしいておいたから、先にねてろ」

ぼくが部屋《へや》に入ると、二組の布団《ふとん》がしいてあった。

となりにおじいちゃんがねるのだと思うと、ふしぎな感《かん》じがした。

ぼくがTシャツとジャージに着替えていたら、おじいちゃんが入ってきて、

「シャワーがこわれてるから、やかんの湯《ゆ》をわかした」

と言って、湯気《ゆげ》の出たあついタオルでいきなり、ぼくの顔と手をふきだした。

そんなことをしてもらったのは、人生ではじめてだった。

ガシ、ガシと音が出そうなほど、おじいちゃんはぼくの体をふいてくれた。

おじいちゃんは、なんども台所《だいどころ》にいっては洗面器《せんめんき》の中でタオルをあらった。

そして、また、ガシ、ガシと体をふいてくれた。

ぼくはおじいちゃんに体をあずけて、目をつぶっていた。

よくわからないけど、ほんとのおじいちゃんだと思えたし、パパのいないぼくにとって、はじめて感《かん》じる男の人の強い力だった。

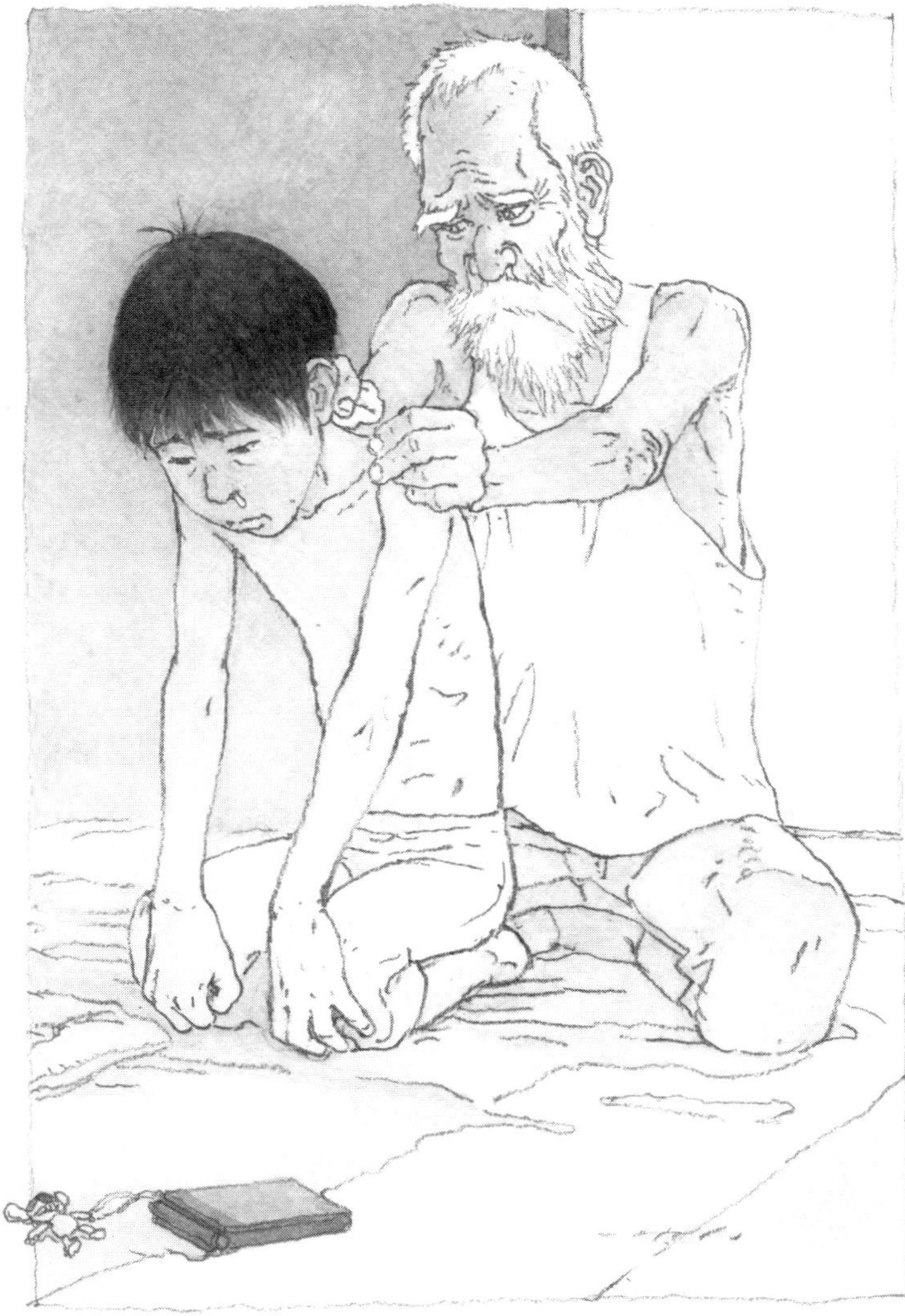

ぼくの背中《せなか》をふいているとき、おじいちゃんのはなをすする音が聞こえた。

おじいちゃんとぼくは、まともに話もしないのに泣いていた。


朝、目が覚《さ》めるととなりの布団《ふとん》はなくて、おじいちゃんのすがたもなかった。

「ごはんできてるよー」

となりの部屋《へや》から、ひろ子さんの声がした。

ふすまをあけると、小さなテーブルの前で長い髪《かみ》をうしろで一つにたばねた、ひろ子さんが洋服姿《ようふくすがた》ですわっていた。

「ごめんねー、シャワーの調子《ちょうし》が悪《わる》くてさー、光ちゃんがくることがわかってたら、なおしたんだけどねー」

ひろ子さんはそう言ってから、

「今日は、温泉《おんせん》に行こうね」

と言った。

朝食はパンと牛乳《ぎゅうにゅう》だった。

「おじいねー、朝一番のバスでお弁当《べんとう》持って辺野古《へのこ》に行ったさー。それがよ、今のあの人の仕事《しごと》みたいなもんさー、お金はよ、もらってないけど、ボランティア」

ひろ子さんはそう言って、笑った。

「今日は沖縄《おきなわ》三日目やろ、なあ、もう少しここにいてほしいなー、せっかく会えたんやし、あっ、わたし若《わか》いころ大阪《おおさか》にいたからよ、沖縄《おきなわ》のことばと大《おお》阪《さか》のことばがまざるんよ」

ひろ子さんはぼくに、埼玉《さいたま》に帰る日をのばすように言いつづけた。

ぼくも、もう少しここにいたい気がした。

ママに電話をすると、

「安《やす》い飛行機《ひこうき》のチケットを買ってるから、日程《にってい》はかえられないの」

と言った。

「そうねー、なら、今日と明日、おばちゃん仕事《しごと》ほかの人にかわってもらうから、光ちゃんの行きたいとこ行こう。どんなとこに行きたい？」

ぼくはひろ子さんに聞かれて、

「首里城《しゅりじょう》」

と言った。

「首里城《しゅりじょう》か、ええよ、明日行こうかね。そしたら、今日は国際《こくさい》通りを歩こう」

ひろ子さんがしたくをしてる間、ぼくは上江州《うえず》先生のことを考えていた。

そして、ママになにを話していいかわからないぼくは、ケータイの電源《でんげん》を切った。

7　沖縄《おきなわ》でステーキを食べた日

「この国際《こくさい》通りはな、安里《あさと》の三差路《さんさろ》から、県庁《けんちょう》北口交差点《こうさてん》までの1.6㎞の大通りのことでさ、『奇跡《きせき》の1マイル』っても呼《よ》ばれてるんだよー」

ひろ子さんはハピナハの前に立って、目の前の国際《こくさい》通りの説明《せつめい》をしてくれた。

「どうして、奇跡《きせき》なの？」

ぼくはひろ子さんに、聞いた。

「ここはよ、というか、沖縄《おきなわ》は七十年前におきた太平洋戦争《たいへいようせんそう》でよ、アメリカ軍《ぐん》の攻撃《こうげき》をうけて、一面焼野原《いちめんやけのはら》にされたさー」

ひろ子さんのことばで、ぼくは児童館《じどうかん》の青木先生が、

「沖縄《おきなわ》は戦争《せんそう》で、県民《けんみん》の四人に一人が死《し》んだんだよ」

と言ったことを思い出した。

「その焼《や》け野原《のはら》の中に、アーニーパイル国際劇場《こくさいげきじょう》ができて、映画《えいが》を上映《じょうえい》したんだよー、ちょうど、通りのむこうに那覇市《なはし》ぶんかテンブス館《かん》が見えるよねー、そこにあったさ、で、この通りを国際《こくさい》通りと呼《よ》ぶようになったって、わたしも親から聞かされてよ、知ったわけ」

ひろ子さんはハピナハの交差点《こうさてん》をわたって、「平和通《へいわどお》り商店街《しょうてんがい》」を歩きはじめた。

「あのう、アーニーパイルって、英語《えいご》でしょ。なんで英語《えいご》が使《つか》われてるんですか」

ぼくはたくさんの観光客《かんこうきゃく》が行きかう商店街《しょうてんがい》の中で、大きな声で聞いた。

「のどかわいたやろ、ちょっと、そこでゴーヤージュースでも飲《の》もうねー」

ひろ子さんは商店街《しょうてんがい》の中のジュースを売る店の前で、立ちどまった。

「そこのベンチにすわってて」

ぼくとひろ子さんは、ベンチにならんですわってゴーヤージュースを飲《の》んだ。

「にがくない？」

ひろ子さんがぼくの顔をのぞきこむようにして、聞いた。

「このにがさが、おいしいです」

ぼくが言うと、

「やっぱり、おじいの孫《まご》だねー。おじいもこの店のゴーヤージュース大好《す》きさー」

ひろ子さんがうれしそうに、ぼくを見た。

ジュース
380えん

ぼくはおじいちゃんが、また少しぼくにちかづいたような気がした。

「沖縄《おきなわ》はさ、一九七二年五月十五日までアメリカに占領《せんりょう》されてて、光ちゃんが聞いたアーニーパイルって人は沖縄《おきなわ》で戦死《せんし》したアメリカの新聞記者《きしゃ》の名前なんだよー。だから、その人の名前をつけたんだろうね」

「えーっ、沖縄《おきなわ》は日本じゃなかったんですか」

ぼくはひろ子さんの説明《せつめい》におどろいて、ゴーヤージュースの紙コップをおとしそうになった。

「光ちゃんは知らないやろねー、アメリカに占領《せんりょう》されていたこと」

ぼくはうなずいた。

なんにも知らないのに、知らないことがこんなにあるのに学校に行かないぼく。

ひろ子さんから聞くことばが今飲《の》んでるゴーヤージュースより、にがくぼくの心にしみた。

「沖縄《おきなわ》が本土に復帰《ふっき》するまえの一九七二年五月十五日まで、本土のたくさんの人たちも沖縄を本土に返せって応援《おうえん》してくれてさー。あのころ、本土の人と沖縄《おきなわ》の人は、心がつながってるって、うれしかったさー」

ぼくはうつむいて、聞いていた。

「本土に復帰《ふっき》しても、今も本土全体《ぜんたい》の0.6％の陸地《りくち》しかない沖縄《おきなわ》に74％の在日《ざいにち》米軍基地《べいぐんきち》があるのは、おかしいさー。しかもさー、一つの基地《きち》を返《かえ》すから辺野古《へのこ》に新しい基地《きち》を作るなんて、ゆるせないって光ちゃんのおじいは、すわりこんで反対《はんたい》してるんだよー」

「おじいちゃんが？」

ぼくの質問《しつもん》にひろ子さんが答えようとしたとき、

「ひろ子さん、あんたさー」

年寄《としよ》りの女の人が、ぼくたちにちかづいてきた。

「あんた、民謡酒場《みんようさかば》休んでるって聞いてさー、心配《しんぱい》」

までは、ぼくにもわかった。

でも、そのあとのことばは、ところどころしかわからなかった。

「家賃《やちん》を…　あんな男の人によ…」

女の人に頭を下げ続《つづ》けるひろ子さんは、

「ごめんねー、家賃《やちん》はよー、はらうから、おばちゃん、ごめんねー」

なんども、おなじことばをくりかえした。

「そうね、わからんよね。あのおばちゃんのことば。この部屋《へや》の大家さんで、ちょっとだけ家賃《やちん》ためてるのに、あんなにいいよって。おばちゃんのことば、ウチナーグチっていってよ、沖縄《おきなわ》の昔《むかし》からのことばさー、英語《えいご》よりむずかしいさ。ウチナーグチより本土のことばを使えって時代もあってさー」

ひろ子さんは台所《だいどころ》で、缶詰《かんづめ》をあけて肉をだすとタマネギとゴーヤをいっしょにフライパンでいためはじめた。

おもわず、

「ぼくがやりましょうか」

と聞いてしまった。

「なんでよー、おじいの孫《まご》はわたしの孫《まご》だよー、そんなことさせられないよー」

と言いながら、ひろ子さんはドバッといきおいよく塩《しお》としょう油《ゆ》をフライパンの中に入れた。

(ひろ子は料理《りょうり》がへただ)

と言うおじいちゃんのことばが、頭にうかんだ。

ぼくは「ゆいまーる」のおばあの料理《りょうり》が、なつかしかった。

「ほら、できた。光ちゃんのお昼だよー」

ひろ子さんはフライパンの中身《なかみ》を、皿《さら》にうつしてから、

「この料理名《りょうりめい》はね、『わたしの愛《あい》』、アハハ。わたし、ちょっと出かけてくるから、食べててねー。おかず残《のこ》ったら夕食にするからいいさー」

そう言うと、部屋《へや》を出て行った。

ぼくはご飯《はん》を二口食べてから、おかずを一口食べた。

この塩《しお》からい料理《りょうり》をおじいちゃんが食べたら、血圧《けつあつ》が上がると思って全部《ぜんぶ》食べきった。

台所《だいどころ》の流《なが》しで茶わんと皿《さら》をあらっていると、

「ひろ子さん、いるー？」

と女の人が部屋《へや》に入ってきた。

「今、出かけてます」

ぼくが言うと、女の人から、

「おじいの孫《まご》ねー、あんた」

と聞かれた。

ぼくがうなずくと、女の人はテーブルの前にすわってためいきをついた。

「わたしなー、ひろ子さんの友だち。きのう、あのこからなー、お金かしてって言われてさー、もってきたけどよー、おじいとくらしてから、あのこ苦労《くろう》ばかりで、かわいそうさ。歌手としても人気あるのに、テレビとかラジオに出てもお金にならないからって、民謡酒場《みんようさかば》で歌って」

女の人のことばに、ぼくは、

「すみません」

とあやまった。

「なんでよー、あんたのせいじゃないよー」

女の人は、郵便局《ゆうびんきょく》の名前が印刷《いんさつ》されているふうとうを出して、

「これ、わたして、あのこに」

とぼくに言った。

女の人は立ち上ると、

「そりゃ、基地《きち》に反対《はんたい》して辺野古《へのこ》にすわりこんでくれてるのはありがたいさー、でもよー、ひろ子さんをしあわせにしてくれたら、もっと、うれしいさー」

そう、つぶやいた。ぼくは心の中でもう一度《いちど》「すみません」と言うしかなかった。

帰ってきたひろ子さんに、女の人からあずかったふうとうをわたすと、

「女の人からわたしにラブレターなんて、おかしいねー」

とぼくに笑ってみせた。

「これからさ、温泉《おんせん》に行ってよ、その帰りにステーキを食べようねー」

ぼくは温泉《おんせん》もステーキも、ことわりたかった。

ひろ子さんのめいわくになりたくなかったのだ。

「ぼく、外食よりひろ子さんの料理《りょうり》がすきだから」

と言うと、

「アハハハ、わたしの料理《りょうり》がすきだなんて、光ちゃん、かわいいさー」

ひろ子さんは笑いすぎて、泣いていた。

けっきょく、ぼくはひろ子さんの家から歩いてすぐの「りっか、りっか湯《ゆ》」というところに行くことになった。

「りっか、りっかってのは、『さぁ』とか『では』って本土のことばの意味《いみ》さー」

ひろ子さんは大きな看板《かんばん》の前で、説明《せつめい》してくれた。

ぼくは一人で男湯《おとこゆ》に、入った。

小学校高学年になってから、ぼくは銭湯《せんとう》に行くといつも一人で入るからなれてはいたけど、おじいちゃんときたいなと思った。

おじいちゃんが、そんなにいい人でなくても、シャワーのこわれた家にすむおじいちゃんにこの気持ちよさを感《かん》じさせてあげたかった。


「なんでよー、ステーキ、きらいじゃないでしょ」

ひろ子さんがおこった顔をした。

ひろ子さんのおこった顔を、はじめて見た。

「なんでよー、子どもは大人の言うことを聞きなさい」

ひろ子さんはぼくの手をひっぱると、自分が働《はたら》いている民謡酒場《みんようさかば》につれて行った。
そうして、ステーキや、パパイヤの生春巻《まき》を注文《ちゅうもん》してくれた。
お店の人が、ステーキを運《はこ》んできながら、
「早くひろ子先生の歌を聞きたいって、お客《きゃく》さんが言ってますよ」
とひろ子さんに言った。
ぼくはなんだかもうしわけない気持ちで、いっぱいになった。
でも、ステーキは、とってもおいしかった。

8　沖縄のことをすこし知った日

その夜も、おじいちゃんは帰ってくると風呂場《ふろば》で水をかぶってから、ビールを飲《の》んでいた。

埼玉《さいたま》なら十二月に水をかぶるなんて、修行僧《しゅぎょうそう》ぐらいだろう。

「あんたねぇ、夕食、あんたのすきなそこの日本そば屋《や》のそばいなりだよ。マスターがおまけして、こんなに作ってくれたさー」

「宝《たから》のか」

おじいちゃんの表情《ひょうじょう》が明るくなった。

「光ちゃんのおじいは、沖縄《おきなわ》のいなりは味《あじ》がうすくて食べないけどよ、宝《たから》さんのは味《あじ》が本土のだからって、すきなんよ」

ひろ子さんがぼくの分も、皿《さら》にならべてくれた。

ぼくはもうお腹《なか》がいっぱいだったから、おじいちゃんの皿《さら》のとなりにおいた。

「明日はよ、首里城《しゅりじょう》へ行くんよ、ねっ」

ひろ子さんがぼくを見た。

ぼくはもう首里城《しゅりじょう》へ行かなくてもいいと思っていた。

上江州《うえず》先生に会いたい気持ちはあるけど、沖縄《おきなわ》のことをなんにも知らないぼくに、上江州《うえず》先生に会う資格《しかく》はないと思いはじめていたからだ。

「いいよ、ぼく一人でも行けるし、首里城《しゅりじょう》でなくてもいいんだ」

「なんでよー」

ひろ子さんの口ぐせ「なんでよー」が、出た。

「店を休むとお客《きゃく》さんが残念《ざんねん》がるでしょ」

「なんでよー、おじいの孫《まご》がきてよ、わたしが世話《せわ》しなかったら、みんなに笑《わら》われるさー」

ぼくのことばに、ひろ子さんが口をとがらせた。

「首里城《しゅりじょう》に行ってこい」

おじいちゃんが言った。

首里城《しゅりじょう》に行くにはゆいレールの首里駅《しゅりえき》でおりて歩くのだという。

「牧志《まきし》、おもろまち、古島《ふるじま》やろ、光ちゃん、駅《えき》ごとにモノレールがだんだん高いとこを走るから、よーく、見ておこうね」

ひろ子さんの言うとおり、ゆいレールの窓《まど》から見える那覇《なは》の街《まち》が下になっていった。

「ほれ、海が見えた」

ひろ子さんが指《ゆび》さす方向《ほうこう》に、クリームソーダ色の海が見えた。

「ワッ、すげえ」

ぼくはその景色《けしき》に、見とれた。

それは沖縄《おきなわ》にきてはじめて見る海だった。

「こんなにきれいな海、はじめて」

ぼくのことばに、ひろ子さんがうなずいた。

首里城《しゅりじょう》まで十五分ぐらい歩いた。

首里城《しゅりじょう》の石がきを登《のぼ》るところで、ひろ子さんが、

「あかんわー、よう登《のぼ》れんわー」

とためいきをついた。

ぼくはひろ子さんの手を、とった。

8　沖縄のことをすこし知った日

「やっぱり、ダイエットせな、あかんなー」

ひろ子さんの大きな声で、観光客《かんこうきゃく》の何人かが笑《わら》ったけど、ほかの人たちは気にもとめないでしゃべりながら石がきを登《のぼ》って行った。

「観光客《かんこうきゃく》は台湾《たいわん》やら、中国からの人が多いから、わたしのことばなんて分からんさー」

と言うひろ子さんのひとことで、人々が話してるのが中国語だとわかった。

ひろ子さんのカバンの中から、ケータイのメロディー音が聞こえた。

「だれからやろ」

とりだしたケータイを見て、

「あの人や。めずらしい」

ひろ子さんがぼくにウインクをした。

ぼくは自分のケータイの電源《でんげん》を入れてないままだ。

ママはいかりくるってるだろう。

正直、ママとおばあちゃんに、おじいちゃんのことをなんて話していいかわからないのだ。

女の人とくらしてて、新しい基地《きち》に反対《はんたい》してすわりこみをしてて、ちょっとというか、かなりというか、お金はなくて、そう報告《ほうこく》するべきなのかもしれないけど、けど、おじいちゃんはしあわせそうなんだ。

だから、

「埼玉《さいたま》に帰ってきて」

なんて、ことばをぼくは言えない。

「光ちゃんってば」

「トン」と体をたたかれて、ぼくはひろ子さんを見た。

「光ちゃんのおじいな、夜、沖縄名物《おきなわめいぶつ》のアグー豚《ぶた》買って帰るって。明日、帰るんやもんな。さびしくなるなー、おばちゃん」

「また、くるから」

ひろ子さんはぼくのことばを聞くと、

「ほんとに、ほんとにやでー、ほれ、約束《やくそく》しよう」

と小指《こゆび》をつきだした。


首里城《しゅりじょう》は全体《ぜんたい》が朱色《しゅいろ》にぬられていて、ところどころに使《つか》われている金色とよく似合《にあ》っていた。

この首里城《しゅりじょう》が太平洋戦争《たいへいようせんそう》で全《すべ》て焼《や》けてなくなっていたこと、一九九二年に復元《ふくげん》されたことをぼくは、係《かかり》の人の説明《せつめい》で知った。

「この那覇《なは》の街《まち》も、みーんなアメリカ軍《ぐん》の攻撃《こうげき》で焼《や》け野原《のはら》になったって、わたしのお父さんが言ってたさー」

ひろ子さんとぼくは首里城《しゅりじょう》の西と書いて「いり」と読む「アザナ」のベンチにすわっていた。

「アザナ」は物見台《ものみだい》のことだと言う。

ぼくたちの目の下に、那覇《なは》の街《まち》と海が広がっていた。

「わたしはよ、沖縄《おきなわ》のずっと北の大宜味《おおぎみ》ってとこで生まれたさー、おかーさんはわたしが赤ちゃんのとき死《し》んだから、おとーさんが育《そだ》ててくれて、こんな夕方になるとさー、二人でならんで夕日を見てたさー。海に落ちる夕日は、きれいでよ、ずっと、ずっと、見ていたさー、そこが西の海岸《かいがん》だったから、夕日しか見たことがなくてよ、だからわたしの人生、落ちていくばかりなのかねー」

ひろ子さんはハンドバッグから、ハンカチを出すとなみだをふいた。

「基地《きち》がいらないっていうのはよ、沖縄《おきなわ》にいるアメリカ兵《へい》のためでもあるんだよー。わたしの民謡酒場《みんようさかば》に若《わか》いアメリカ兵《へい》がきて、お酒《さけ》によって泣いたの、『戦争《せんそう》に行きたくない』って。そんでよ、アメリカ兵《へい》がかわいそうになって、たった一曲だけ知っている『テネシーワルツ』を心をこめて歌ったさー。その歌を口にするだけで、かなしくなるんだけど歌ったさー、歌手のわたしにできることは歌うことだけだもんねー。とってもよろこんで『サンキュー』って言ってくれたけど……」

ぼくはひろ子さんに、

「ラーメン、すきですか?」

って聞いた。

ぼくの夢《ゆめ》は、ラーメン王になることだから。

「あかんねん、ラーメン。太るから」

ひろ子さんがお腹《なか》に手をあてた。

帰りのゆいレールの中で、ぼくはひろ子さんにどうして『テネシーワルツ』を歌うと、かなしくなるわけを聞いた。

「ほんとは言いたくないんやけど、えいっ、おしえたるわー、わたしなぁ、一回結婚《けっこん》してるんよ、ほんで、わたしの友だちにだんなさんをとられたんよ。『テネシーワルツ』の曲《きょく》ええなぁと思ってたんやけど、日本語の訳《やく》聞いたら、心に残《のこ》ってなー、わたしみたいに友だちに彼氏《かれし》とられる歌なんよー、歌うとかなしいけど、なぜか、覚《おぼ》えてしまったのさー」

ぼくの質問《しつもん》に、ひろ子さんは笑ったり、なみだぐんだりしながら、ていねいに答えてくれた。

ぼくはそのあと、ずっと窓《まど》の外を見ていた。

夜、おじいちゃんの買ってきたアグー豚《ぶた》をしゃぶしゃぶにして食べた。

「わたしがなんにも手をかけないほうが、おいしいさぁ、ざんねんやけど」

ひろ子さんのことばに、ぼくは「ハイ」と言いそうになって、あわてて口をふさいだ。

「明日、帰るんやねーさびしいなるねー」

ひろ子さんがおじいちゃんを見た。

おじいちゃんはだまっていた。

ぼくは二人にお礼《れい》がしたかった。

ぼくにできることって、なんだろう。

そう考えたとき、

「あっ」

とひらめいたことがあった。

「このビルの屋上《おくじょう》に上がれますか」

ひろ子さんがうなづいた。

屋上に上がると、

「かすみがかかってるわー」

ひろ子さんが言うように、夜空をミルク色のしみのようなものがおおっていた。

それでも児童館《じどうかん》のプラネタリウムより、美《うつく》しいと思った。

星が「キラッ」と光って、生きていた。

ぼくは二人に、冬の星座《せいざ》をおしえてあげようと思いついたのだ。

ぼくは冬の星座《せいざ》の代表《だいひょう》のオリオン座《ざ》をさがした。

「あれぇ」

ぼくがどんなに目をこらしても、なかなかオリオン座《ざ》を見つけることができなかった。

プラネタリウムなら、かんたんに見つけることができるのに。

「ここは北半球《きたはんきゅう》にある本土とちがって南半球《みなみはんきゅう》になるから、星の位置《いち》もちがうだろ」

おじいちゃんのひとことで、ぼくは沖縄《おきなわ》が南半球《みなみはんきゅう》にあることを知った。

「今日はオリオンさん、つかれて休んでるとちがうかなー」

ひろ子さんのことばに、ぼくとおじいちゃんが笑った。

「光、いつか波照間島《はてるまじま》に行こう。あそこなら南十字星《みなみじゅうじせい》が見える」

おじいちゃんが夜空を見上げたまま言った。

9　ひろ子さんとテネシーワルツ

朝起《お》きると、おじいちゃんはもういなかった。ひろ子さんは窓《まど》から外を見ながら、

「今日も晴れてよかった。雨だとカッパ着《き》てても体ぬれてさむいよってなー」

ぼくにVサインを出した。

国際《こくさい》通りの中の裏道《うらみち》のようなところで、ひろ子さんは足をとめると、

「ここのおにぎり、おいしいさー」

と言って、カウンターだけの店に入った。

「あっ、ひろ子先生、いらっしゃい」

カウンターの中で働《はたら》いてる女の人の一人が、声をかけてきた。

「えっとね、ポーク玉子と海老《えび》フライを二つ、それとよー、アーサー汁《じる》も二つ」

ぼくもひろ子さんとならんで、カウンターのイスにすわった。

その店のかざりは、ブルーと赤と金色でできた花笠《はながさ》がついた電球《でんきゅう》だけだった。

目の前におかれたおにぎりを見て、ぼくはびっくりした。

おにぎりが四角いのだ。

ひろ子さんのは四角いおにぎりの中に缶詰《かんづめ》のポークと玉子が焼《や》いて入っていて、のりで巻《ま》いてあった。

ぼくのはさらにその中に、海老《えび》フライが入っていた。

サンドイッチのようなおにぎりだと、思った。

アーサー汁《じる》は、海そうの塩《しお》がきいた汁《しる》でおいしかった。

「もう一個《こ》どう？」

ひろ子さんに聞かれたけど、もうぼくのお腹《なか》はいっぱいだった。

ひろ子さんは国際《こくさい》通りのはずれにあるスーパーに入った。

「空港《くうこう》はさ、お土産《みやげ》の値段《ねだん》が高いからよー、ここで買って行こうねー」

とひろ子さんはカートのかごの中に、ちんすこうやパイナップルケーキを次々《つぎつぎ》と入れた。

「こんなにいらない」

ぼくが言うと、

「なんでよー。奥《おく》さんやろ、娘《むすめ》さん、それと光ちゃんの妹。たらんよー」

とひろ子さんはたなに手をのばした。

ぼくはひろ子さんがお金を使《つか》うのを、とめたかった。

なのに、星座《せいざ》の一つもおしえてあげられなかったぼくのために、ひろ子さんはお土産《みやげ》をえらんでくれていた。

ぼくたちはゆいレールで、那覇空港《なはくうこう》に行った。

「今、なん時？」

ひろ子さんは時計をしていなかった。

今日だけで、時間を聞くのは五回目だ。

ぼくはケータイを見た。

「十二時だよ」

ひろ子さんは小さい子のように「フン」とうなずいてから、

「あと一時間で、出発《しゅっぱつ》やな」

と自分にいい聞かせるように、つぶやいた。

「デッキから、海を見ようねー」

ひろ子さんは日傘《ひがさ》をさして、デッキに上った。

ぼくの両手《りょうて》には、たくさんのお土産《みやげ》が入った大きな袋《ふくろ》が下げられていた。

クリームソーダのような海が、目の前に見えた。

ベンチにすわると、ひろ子さんが、

「光ちゃん、ありがとう」

と言った。

その意味《いみ》がわからなくて、ぼくはだまっていた。

「あの人によ、『埼玉《さいたま》に帰って』って言わなくてありがとう」

そう言って、ひろ子さんはなみだを一つこぼした。

ひろ子さんはぼくがどうして沖縄《おきなわ》にきたのか、知っていたのだ。

おじいちゃんを連《つ》れもどしにきたことを、知っていたのだ。

「なんで、言わんかったの？　埼玉《さいたま》へ帰ろうって」

ひろ子さんがハンカチで自分のなみだをふきながら、ぼくに聞いた。

ぼくは海を見た。

ほんとうのクリームソーダのような、おいしそうな海の色だった。

「おじいちゃんはここがすきそうだから」

ほんとうの答えはちがったけど、てれくさくて言えなかった。

「光ちゃんのおじいなぁ、孫《まご》たちのために辺野古《へのこ》にすわりこんでるって、言ったことがあったさー、平和《へいわ》な社会を残《のこ》したいって。家族《かぞく》にめいわくをかけた自分にできることは、それだけだって」

ぼくの方こそ、「ありがとう」って、ひろ子さんに言いたかった。

おじいちゃんがそうできるのは、ひろ子さんのおかげだから。

でも、ぼくは言えなかった。

ことばにすると、かんたんすぎるからだ。

「なんでよー、なんで、こんなときにかぎって、時間が早くすぎるのよー」

ひろ子さんが、空港《くうこう》の電子時計にむかって言った。

手荷物検査場《てにもつけんさじょう》へ入るぎりぎりの時間まで、ひろ子さんはぼくといた。

「また、きてねー、きっとよー」

ひろ子さんは笑おうとしたけど、なみだの方が先にながれていた。

ぼくもうなずくだけしかできなかった。

なにか声を出したら、なみだがこぼれそうだった。


席《せき》につくと、ケータイを見た。

メールの着信《ちゃくしん》が四件《けん》あった。

一件《けん》は青木先生からで、

上江州《うえず》帆香《ほのか》先生、やはり、東京の大学にもどるそうです。児童館《じどうかん》で働《はたら》きます。

宮古、土産《みやげ》、忘《わす》れるなよ。　青木

青木先生からのメールを見たら、埼玉《さいたま》に帰るのがうれしくなった。

あとの三件《けん》は、ママからで「なんで電源《でんげん》を入れてないの」のことばがつづいていた。

飛行機《ひこうき》が那覇《なは》の海の上を飛《と》んでいた。

ぼくは窓《まど》に額《ひたい》をあてて、忘《わす》れないように海を見ていた。

羽田空港《くうこう》の到着《とうちゃく》ロビーに、ママがきていた。

ママはぼくの両手《りょうて》にさげたお土産《みやげ》を見ると、

「お金を使《つか》って、もう」

と言ったけど、ぼくはおじいちゃんが買ってくれたとウソをついた。

ママとおばあちゃんに、ひろ子さんのことは言えなかった。

ママに聞かれて、ぼくはおじいちゃんが元気だったこと、ぼくたちの写真《しゃしん》をかざっていたことを伝《つた》えた。

ママはぼくがケータイの電源《でんげん》を切っていたことをおこったけど、すぐ別《べつ》の話になった。

「あの人、だれかと住《す》んでいなかった?」

ぼくは「ううん」と、首を左右にふった。

それはおばあちゃんをきずつけたくなかったし、ママをもっとおじいちゃんぎらいにしたくなかったからだ。

ひろ子さんに会わないかぎり、ひろ子さんがとってもいい人であることはわからないし、そんなひろ子さんがおじいちゃんとくらしているのは、おじいちゃんにみりょくがあるからだって、今のぼくには説明《せつめい》する力がない。

「なんとかくらしてるのね」

ママがつぶやいた。

「うん」

ぼくがうなずくと、ママはそれ以上《いじょう》はなにも聞かなかった。

家に着《つ》くと、おばあちゃんが、

「勇《いさむ》さんは、埼玉《さいたま》に、ここに帰りたいって言わなかったのかい」

って聞いてきた。

「うん」

ぼくはほんとうは、そのことを言えなかったことをかくして、うなずいた。

「埼玉《さいたま》に帰ろう」

っておじいちゃんに言って、一番かなしむのはひろ子さんだって知っていたから、言えなかった。

おばあちゃんは、

「もう、私《わたし》のことなんか忘《わす》れたってことかね」

と肩《かた》をおとした。

「でもね、おばあちゃん、おじいちゃんはぼくとか孫《まご》たちのために平和《へいわ》な世《よ》の中《なか》を残《のこ》したいって、新しい基地《きち》に反対《はんたい》するために辺野古《へのこ》にすわりこんでいるんだよ」

ぼくのことばに、

「そんなことより、家の平和《へいわ》のために帰ってきてほしかったよ」

おばあちゃんがためいきをついた。

児童館《じどうかん》に行くと、上江州《うえず》先生が飛《と》び出してきた。

「長山君《くん》、沖縄《おきなわ》に行ってたんだって」

上江州《うえず》先生から、「プーン」と石けんのにおいがした。

沖縄《おきなわ》の『ゆいまーる』の枕《まくら》カバーとシーツからにおった石けんのかおりを思い出した。

「首里城《しゅりじょう》に行きました」

とぼくが言うと、

「うち、その近くなのよ」

上江州《うえず》先生がうれしそうに、ぼくの手をとった。

ぼくの心臓《しんぞう》が「ドキドキ」と音をたてた。

「ワァー、長山君《くん》、顔が赤いよー」

大村先生がひやかすように、言った。

「長山君《くん》、土産《みやげ》を買ってきたよな」

職員室《しょくいんしつ》から青木先生が、出てきた。

「ハイ」

とぼくがお菓子《かし》のパッケージを見せると、上江州《うえず》先生が
「くがにちんすこうだ。これ、私大すき」

とうれしそうに、言った。

10　ぼくのおじいちゃん、ぼくの沖縄《おきなわ》

「ほんとに学校行くの？　大丈夫《だいじょうぶ》？」

さっきから、なんどもママがおなじことを聞いた。

ぼくはその質問《しつもん》のたび、トイレに行く。

もう、出るものはない。

「ヨシッ」

ぼくはトイレから、出た。

「一生小学生じゃ、こまるから行くよ」

そりゃ、上野昇太《しょうた》はこわい。

その仲間《なかま》も、ちょっと、こわい。

でも、ぼくは学校に行くことに決めたんだ。

青木先生が、

「光君《くん》、お化《ば》け屋敷《やしき》、一回目はこわいけど二回、三回と見たら、こわくなくなるんだ。なぜか、なれるからだ。なれるというのは、人間の成長《せいちょう》とも言える。昇《しょう》太《た》をなんども見てるうちに、メールもなんども見てるうちになれてくる」

そう言ってくれて、100％のこわさが90％になった。

それと、青木先生は、

「もし、呼《よ》び出しのメールがきたら俺《おれ》もいっしょに行ってやるから心配《しんぱい》するな」

とも言ってくれた。

もう一つ大きな理由《りゆう》はぼくは沖縄《おきなわ》に行ってラーメン王になる夢《ゆめ》をあきらめ

たので、高校までは行かなくてはならなくなったからだ。
ひろ子さんが食べてくれないラーメンを作っても、意味《いみ》がないからだ。
ぼくは教室に入る前、もう一回トイレに行った。
そうして、教室に入った。
昇太《しょうた》がぼくを見たとき、ぼくは目に力を入れて見かえした。
これも青木先生がおしえてくれた「目力攻撃《こうげき》」だ。
お腹《なか》に力が入らないから、目にも力が入らないけど、がんばった。
二日目、奇跡《きせき》がおきた。
昇太《しょうた》がぼくの目をさけたのだ。
あの昇太《しょうた》が、ぼくを見なくなったのだ。
ぼくは机《つくえ》の中で、Ｖサインを出した。
二学期《がっき》、ぼくが学校へ行ったのは五日間だったけど、三学期《がっき》もずっと行け

そうな気がした。

冬休みの間、ぼくは休んでいたときの復習《ふくしゅう》を担任《たんにん》の先生からするように、ドリルをわたされていたけどすぐにあきて、ケータイのユーチューブで「テネシーワルツ」を聞いた。

英語《えいご》の意味《いみ》はわからないけど、ひろ子さんを思い出す大切な曲《きょく》だった。

「このごろ、部屋《へや》にこもってばかりだけど、どうしちゃったの。沖縄《おきなわ》から帰って光、かわったね」

ママが部屋《へや》に顔を出した。

「なんか、あったの？　勉強《べんきょう》なんかしちゃって」

ママのことばに、「するどい」と思ったけど、ぼくはなにも言わなかった。

児童館《じどうかん》は学校の終業式《しゅうぎょうしき》より二日おそく休館《きゅうかん》になる。

ぼくは休館《きゅうかん》の前の日、青木先生に会いに行った。上江州《うえず》先生はもう休みに入っていた。

ぼくが沖縄《おきなわ》のおじいちゃんとひろ子さんのことをはなすと、青木先生が、

「長山君《くん》、少年から青年になるキーワードはね、「秘密《ひみつ》」なんだと俺《おれ》は思う。人間は秘密《ひみつ》をかかえるとなやむよな、そのなやみが心を成長《せいちょう》させてくれるんだ。君《きみ》は少年から青年になりつつあるんだ」

とぼくの肩《かた》をたたいてくれた。

「青年ですか」

ぼくがいい気持ちでつぶやくと、

「心は青年だが、頭は勉強《べんきょう》しないと少年のままだけどな」

青木先生はそう言って、笑った。

一月一日の朝、ぼくのケータイにメールが入った。

おめでとう。
1年に1度《ど》、おまえにメールできるよろこびで生きていけそうだ。
辺野古《へのこ》にて

それはおじいちゃんからのメールだった。
ぼくは一月一日の今日も、辺野古《へのこ》ですわりこんでるおじいちゃんをそうぞうした。
沖縄《おきなわ》でも風が冷《つめ》たい日があるだろう。
シャワーはなおったのだろうか。
水のシャワーをあびて、かぜをひかなければいいけど。

ぼくの目から、なみだがこぼれた。

ぼくは一時間も考えて、メールを返信《へんしん》した。


メールありがとうございます。

体に気をつけてください。

いつか南十字星を、ひろ子さんと見ましょう。　光

ぼくはこのごろ、新聞をよく見るようになった。

そして、新聞の中に「辺野古《へのこ》」という文字を見つけると、すわりこんでいるおじいちゃんを思い出す。

今日も元気だろうかと、思う。

沖縄《おきなわ》に行かなければ、こんなことは思わなかったし、おじいちゃんがいる

ことじたいも知らなかったんだ。

ママも沖縄《おきなわ》の記事《きじ》を注意《ちゅうい》して見てるらしい。

「いやぁね、沖縄《おきなわ》でアメリカ兵《へい》、また、酒《さけ》よい運転《うんてん》だって」

ママが新聞記事《きじ》を指《ゆび》さして、ぼくに見せた。

ぼくはひろ子さんのはなしを、思い出した。

お酒《さけ》によって、「戦争《せんそう》に行きたくない」と泣いたアメリカ兵《へい》のことと、新聞記事《きじ》がかさなった。


光ちゃん、おめでとう。

こんなんメールしていいかわからないけど、でも、おめでとうが言いたくて。

ありがとうね、光ちゃん。　ひろ子

一月五日の夕方、ひろ子さんからもメールが届《とど》いた。

ぼくはひろ子さんに、おじいちゃんに「埼玉《さいたま》に帰ろう」と言わなかったほんとうの理由《りゆう》を言ってない。

それは、ひろ子さんに「テネシーワルツ」を歌わせたくなかったからだ。

もう、ひろ子さんが泣きながら「テネシーワルツ」を歌うことがないようにしたかった。

もしおじいちゃんがひろ子さんをすてたら、おじいちゃんは二度《ど》、家族《かぞく》をすてることになる。

ぼくが「埼玉《さいたま》に帰ろう」と言っても、おじいちゃんは帰らないと分っていたけど、ひろ子さんのために言いたくなかった。

おじいちゃんはひろ子さんを、しあわせにしなくちゃいけないんだ。

ぼくはこのことも秘密《ひみつ》として、大切に心の中にしまっておこうと思う。

一月七日、三学期《がっき》の朝。

「人生、いろいろ、男もいろいろ」

おばあちゃんの鼻歌《はなうた》が、聞こえてきた。

ぼくがランドセルをかかえてキッチンに出ていくと、

「光、今朝《けさ》はね、お赤飯《せきはん》をたいたのさ。光がちゃんと学校に行けるようになったことのお祝《いわ》いで」

おばあちゃんがテーブルを、指《ゆび》さした。

「ありがとう」

ぼくはテーブルの前にすわって、お赤飯《せきはん》を口に入れた。

「グニュ」

口の中で、そんな音がでるほどやわらかいお赤飯《せきはん》だった。

「水かげん、まちがったかも」

おばあちゃんが心配《しんぱい》そうに、ぼくを見た。

「ぼく、学校に行くとお腹《なか》がいたくなるだろ、やわらかくてうれしい」

ぼくはおばあちゃんに、笑いかけた。

これから、おばあちゃんとママとぐみを守《まも》るのは、ぼくだ。

おばあちゃんとママとぼくとぐみの「ぼくんち」を守《まも》るんだ。

「おばあちゃん」

ぼくの声に、おばあちゃんが顔を上げた。

「おばあちゃんにいつか、南十字星を見せてあげるね、沖縄《おきなわ》のずっと南の島《しま》で、ぼく、働《はたら》いて連《つ》れて行ってあげる」

「まあ、ことばだけでもうれしいよ。さぁ、ラジオ体操《たいそう》に行かなくちゃ」

キッチンを出かかったおばあちゃんに、ぼくは、

「おばあちゃん、愛《あい》してるよ」

と言った。

「どうしたの、光。おばあちゃんも愛《あい》してるよ」

おばあちゃんが頭の上に両手《りょうて》でハートマークを作るしぐさをした。

「人生いろいろ、男もいろいろ」

歌いながらおばあちゃんが玄関《げんかん》を、出ていった。

ぼくもランドセルをしょった。

一生小学生から脱出《だっしゅつ》だ。

テレビ画面《がめん》の中で気象予報士《きしょうよほうし》が
「沖縄《おきなわ》は今日も晴れ、気温《きおん》は十二度《ど》…」

と読み上げた。

晴れなら、おじいちゃんはカッパを着《き》ずにすむし、雨にぬれないですむ。

「よかったね、おじいちゃん」

ぼくは安心《あんしん》してテレビのスイッチを切った。

沖縄《おきなわ》のむずかしいことは今のぼくには、わからない。わからないことを勉強するためにも、学校に行くことにしたんだ。

いつか、ぼくはおじいちゃんのことを「ぼくのおじいちゃん」とじまんしたい。そして、沖縄を、「ぼくの沖縄」ってじまんしたい。そんな日を夢見て、ぼくは学校へ行く。

作　上條さなえ（かみじょう　さなえ）

東京都出身、元埼玉県教育委員長。主な作品に『さんまマーチ』（国土社）『10歳の放浪記』（講談社）、『わすれたって、いいんだよ』（光村教育図書）、『天井一丁、こころ一丁』『ただいま女優修業中！』（汐文社）など。沖縄県在住。

絵　岡本順（おかもと　じゅん）

一九六二年愛知県生まれ。挿絵を中心に広く活躍中。絵本『きつね、きつね、きつねがとおる』（ポプラ社）で日本絵本賞を受賞。挿絵に『花ざかりの家の魔女』（あかね書房）、『キジ猫キジとののかの約束』（小峰書店）、『つくも神』『狛犬の佐助』『となりの蔵のつくも神』（ポプラ社）、『机の上の仙人』（ゴブリン書房）、『夏休みに、翡翠をさがした』（アリス館）、『ただいま女優修業中！』（汐文社）など。

ぼくのおじいちゃん、ぼくの沖縄

2015年8月　初版第1刷発行

作　上條さなえ
発行者　政門一芳
発行所　株式会社 汐文社
東京都千代田区富士見2-13-3
角川第二本社ビル2F　〒102-0071
電話03-6862-5200　FAX03-6862-5202
印刷　新星社西川印刷株式会社
製本　東京美術紙工協業組合

ISBN978-4-8113-2223-0　NDC913
乱丁・落丁本はお取り替えいたします。
ご意見・ご感想は read@choubunsha.com までお寄せください。